L'AMOUR VENGÉ

PIÈCE EN UN ACTE, EN PROSE

PAR

FERDINAND VICTOR

PRIX : 50 CENTIMES

PARIS

FRUCHARD, LIBRAIRE, GALERIE DE VALOIS, 185
PALAIS-ROYAL

1865

PARIS. — E. DE SOYE, IMPRIMEUR, PLACE DU PANTHÉON, 2.

L'AMOUR VENGÉ

PIÈCE EN UN ACTE, EN PROSE

PAR

FERDINAND VICTOR

PARIS

FRUCHARD, LIBRAIRE, GALERIE DE VALOIS, 185

PALAIS-ROYAL

1865

L'AMOUR VENGÉ

PIÈCE EN UN ACTE, EN PROSE

PERSONNAGES :

JULIO, peintre.
DENDOLI, patricien.
NAZARO.
SIDONIA.
LÉONA.
UN OFFICIER.

VENISE, 1615.

Une galerie, donnant sur un escalier qui mène au dehors. Communications à droite, à gauche. Fresques; tapisseries. Dans le lointain, le sommet de quelques édifices.

SCÈNE PREMIÈRE.

JULIO, LÉONA.

JULIO, à droite, occupé à peindre.

Ah ! signora, vous défiez mon imagination ! tant pis pour vous, l'Italie saura votre histoire. (Cessant de peindre.) Elle était bien belle cette nuit, à cette fête où je n'aurais pas dû me trouver. Ma pensée sera donc toujours à la merci de cette femme, de cette créature qui m'a brisé le cœur, qui m'a fait douter de l'amour. (Il jette ses pinceaux avec colère..., se lève.)

LÉONA endormie au fond, en dehors de la galerie.
Julio !

JULIO, qui a entendu.

Léona ! ah ! c'est vrai, toujours là, n'osant faire aucun bruit. (S'approchant d'elle.) Comme elle est abattue ! Singulière idée à moi d'avoir dérangé les habitudes de cette jeune fille. (La considérant.) Voilà bien la beauté telle que le Créateur de toutes choses la laisse éclore !... Est-elle folle de s'endormir ainsi, le visage exposé au soleil ?

LÉONA, s'éveillant.

Où suis-je ?... Ah ! près de vous !... Quel bonheur !

JULIO.

Cette terrasse est une fournaise : est-ce ici qu'on s'endort ?

LÉONA, se frottant les yeux.

Je ne sais... mes yeux se ferment... le soleil est si bon quand on a passé la nuit !...

JULIO.

Ta beauté ne t'appartient pas : elle est mon bien, celui de mes disciples. Tu devrais t'en souvenir. (Avec intérêt, lui passant la main sur les cheveux.) La sueur inonde sa chevelure.

LÉONA.

Je rêvais ; un orage était dans mon sein.

JULIO.

Toi aussi ? c'est étrange ! non, c'est compréhensible : les enchantements du palais Vittoria sont à peine dissipés, ta tête en est remplie. Prends mon bras ; viens à l'ombre. Moi aussi j'ai l'esprit troublé ; mais c'est plus sérieux. Pour te réveiller tout à fait, dis-moi tes impressions, tes remarques de cette nuit. Tu ne t'étais jamais trouvée à pareille fête, n'est-ce pas ? tu n'avais jamais eu idée d'une telle affluence, d'un pareil délire ? Venise est bien belle au grand jour, mais il faut la voir quand elle a déployé ses magnificences nocturnes.

LÉONA.

Mes premiers ans se sont écoulés au bord de la mer ;

j'ai vu des tempètes et des naufrages.... Après cela,
libre à vous de vous étonner de quelques fanfares, de
quelquesl umières.

JULIO.

Quel dédain de notre cité, de ses beaux palais, de
ses agréments, dont elle est si fière!... Si je m'attendais
à ceci !

LÉONA.

C'est vrai! ces jours passés, j'étais la soumission même;
à cette heure, je ne suis plus reconnaissable : à qui la
faute? Je ne sais pas feindre : toutes les femmes que
vous admirez m'ont aussitôt pour ennemie ; je ne puis
endurer qu'une étrangère, une inconnue, fasse étin-
celer vos regards. Votre conduite envers moi cette
nuit m'a beaucoup mortifiée. (Avec amertume.) Je ne suis
pas une patricienne, moi ! une fille considérable ! on
peut quitter mon bras, m'abandonner au hasard d'une
foule bruyante et moqueuse, sans prévoir ce qui peut
m'arriver, ce qui peut me causer quelque dommage.
Dis-moi ce que tu as éprouvé, m'avez-vous dit. Je suis
franche: si cela vous irrite, renvoyez-moi, chassez-moi
d'ici.

JULIO.

Te renvoyer, toi !... plus souvent! ta beauté m'est
trop nécessaire.

LÉONA.

Ma beauté, vous m'en parlez trop : vous me la ferez
haïr.

JULIO.

Par exemple ! est-ce une Italienne que j'entends !

LÉONA.

Je ne vous demande pas de flatteries. Je vous fais
des reproches; j'ai sujet de vous en faire.

JULIO.

Encore!... décidément j'ai eu de grands torts envers
toi, des torts difficiles à nier : faisons la paix; qu'il n'en
soit plus question.

LÉONA.

Je le crois bien ; c'est votre plus grand désir ; vous ne voulez pas savoir ce qui m'est arrivé.

JULIO.

Comment! c'est donc sérieux! quelqu'un t'aurait-il fait offense?

LÉONA.

Oui !

JULIO.

Quand je connaîtrai celui-là, je le châtierai.

LÉONA.

Celui-là! c'est tout le monde.

JULIO.

Que t'a-t-on dit? parle !

LÉONA.

Tout le monde riait en me regardant.

JULIO.

Ta vivacité, tes exclamations amusaient la foule; moi-même, tu m'as fait sourire.

LÉONA.

On s'étonnait de me voir abandonnée ; on remarquait votre empressement auprès des autres femmes.

JULIO.

Dans une fête, toutes les femmes sont reines, tous les hommes courtisans.

LÉONA.

M'en suis-je aperçue, moi?

JULIO.

Jalouse !

LÉONA.

Toutes les femmes sont solidaires, quand un homme d'une certaine valeur fait une offense à sa maîtresse. Ces paroles, je les ai retenues ; je vous les rapporte ainsi qu'elles ont été dites.

JULIO.

A quel propos? dans quelle intention? quel homme
a pu, sachant ce qu'il faisait, faire injure à celle qui
met son bonheur en lui ?

LÉONA.

Vous !

JULIO.

Es-tu folle ?

LÉONA.

Vous m'avez oubliée dans un coin ; vous ne vous êtes
pas demandé ce que je devenais.

JULIO.

J'avais confiance en toi... Tu n'es pas ma maîtresse.

LÉONA.

J'ai passé pour telle.

JULIO.

Toi ! quelle impiété ! toi, ma sœur cadette, ma fille
adoptive. Je n'ai qu'une maîtresse, la gloire ! qu'une
passion au grand jour, la renommée !

LÉONA.

Vous en avez d'autres : j'ai entendu dire...

JULIO.

Venise est une cité sans mœurs, sa dépravation est
proverbiale : il suffit d'avoir mis le pied dans son sein
pour avoir la réputation ternie.

LÉONA.

Ses plaisirs, vous les partagez ; ses mœurs, vous vi-
vez très-bien avec elles.

JULIO.

Je la ferai revenir de son erreur, cette foule qui mé-
connaît ma seule affection désintéressée.

LÉONA.

Est-elle bien sincère cette affection ? sera-t-elle à mo
toujours cette place que vous m'avez faite à côté de
vous?

1.

JULIO.

Oui! tes adversités, les intentions de la Providence
m'attachent on ne peut plus à toi... J'avais pris une
barque, j'avais quitté Venise un matin, mécontent, fatigué, laissant derrière moi des scandales, des erreurs,
un nom partout compromis. L'Adriatique était pareille
au firmament : pas une tache au ciel, pas une ride sur
la mer. Vers le milieu du jour, s'offre à mes regards
une terre que je ne connais pas. Je m'y laisse conduire. Des enfants à peine vêtus s'agitaient sur la
plage : les uns s'arrachaient des coraux, les autres des
herbes marines. Une petite fille se faisait remarquer par
sa pétulance : singulière petite fille ! elle enviait tout,
n'était satisfaite de rien. Ce jour-là, j'en voulais au genre
humain tout entier ; les enfants, leurs types, leur âge,
tout m'était indifférent, tout m'était importun. Arrière ! leur dis-je, les voyant venir à moi ; tenez-vous
à distance, ne m'étourdissez pas de vos cris ! La petite
fille n'en revenait pas. Quand je remis à la voile, un
peu plus tard, les autres s'étaient bien gardés de me
désobéir : elle seule ne m'avait pas quitté des yeux. Un
incident si simple ne laisse d'habitude rien dans l'esprit. Tu vas voir. Il y a quelques semaines, je terminais
une fresque à Saint-Georges-Majeur. Une jeune fille de
la condition la plus humble, ouvrant de grands yeux
étonnés, souriant à travers sa surprise, me regardait
peindre ; elle avait du buis béni dans les bras. J'ai reproduit sur la toile cette entrevue, je m'en souviendrai
toujours. C'est moi, disaient ses yeux, vous ne me re-
mettez pas, vous ne voulez pas me reconnaître ; je sais
que vous n'aimez pas les enfants, les fillettes qui me
ressemblent... Des voix chantaient dans la sacristie :
nous étions dans une église : un miracle se fit en ta faveur. Je revis à trois années de distance la grève inconnue, la petite fille au caractère étrange... La
guerre, la famine, la tempête avaient dispersé la co-
lonie qui te servait de refuge. Ton étonnement m'avait
gagné ; ma surprise était plus vive que la tienne : pauvre Léona, pauvre petite sainte ! si jeune, si faible, vi-

vant de la vie des Zingaris, dormant sous le porche
des églises !

LÉONA.

Mon sommeil était paisible alors.

JULIO.

Tu vendais des verroteries; tu disais la bonne aventure.

LÉONA.

Je promettais l'enfer à ceux qui me traitaient cavalièrement.

JULIO.

Tu ne manquais pas d'esprit. On pouvait tirer parti
de toi. Je t'offris mon palais; je pris le ciel à témoin de
la pureté de mes intentions.

LÉONA.

J'aurais dû rester où j'étais.

JULIO.

Ton entrée chez moi fit du bruit; tes compagnons
d'existence tenaient à te conserver : je le crois bien !

LÉONA.

Tenaient-ils réellement à moi ?

JULIO.

J'en ai eu la preuve.

LÉONA.

Quelques insolences !

JULIO, riant.

Vous avez tort , disaient-ils : cette enfant n'a rien
qui doive intéresser les bonnes âmes ; elle a du sang
d'Uscoque dans les veines, elle troublera votre existence. Le dépit les faisait parler.

LÉONA.

Si la prédiction devait s'accomplir ?...

JULIO.

Comment ?

LÉONA.

Si je vous quittais tout à coup, sans vous dire adieu, sans vous remercier de vos bienfaits ?...

JULIO.

Est-ce que c'est possible ?

LÉONA.

Ne vous fiez pas trop à moi : remarquez ce qui se passe dans mon cœur.

JULIO.

Si ta raison s'égarait, si tu me quittais comme tu dis... je... je courberais le front sous la fatalité.

LÉONA.

Ah ! c'est vrai : vous m'aimez comme vous aimez tout ce qui sert de pâture à votre génie, de modèle à vos œuvres d'art.

JULIO.

Quelle idée !

LÉONA.

L'inspiration que vous m'avez due un moment, m'a tout révélé, m'a fait réfléchir. Une rencontre qui fait produire un chef-d'œuvre a lieu plus d'une fois dans la vie des grands artistes. Tous les jours une femme, inconnue la veille, apparaît tout à coup, vient émouvoir les peintres et les statuaires. Tenez, pas si loin d'ici, j'en connais une à l'heure qu'il est qui remplit admirablement bien cet office. Cette femme ! des poëtes l'ont chantée, des patriciens se sont faits ses esclaves; vous-même, vous si difficile a contenter, dans l'intérêt de votre talent, de votre avenir, vos yeux, cette nuit, ne se sont pas détournés d'elle un moment.

JULIO.

Que dis-tu ?

LÉONA.

Cette femme, elle est belle, elle est rayonnante : quand on est à côté d'elle, on disparaît dans sa clarté.

JULIO.

Cette femme ! c'est la première fois que j'en entends parler : je ne l'ai pas vue cette nuit, je ne veux pas la connaître.

LÉONA.

Cette femme ! vous savez qui je veux dire ; son nom ! je le vois sur vos lèvres.

JULIO.

Tais-toi !

LÉONA.

Sidonia ! la belle Sidonia ! l'enfant gatée, l'idole de Venise ! Cette radieuse aventurière, c'est la première fois que je me trouve avec elle ; et pourtant je l'ai déjà vue quelque part.

· JULIO.

A la cathédrale... au Lido.

LÉONA.

Non, tout près d'ici, sous vos yeux... Ah ! (Elle court au tableau inachevé) la voilà !...

JULIO.

Ne touche pas à ce tableau.

LÉONA.

Je la reconnais ! C'est bien elle, son sourire insolent, son audace !

JULIO.

Cette femme ! quelle erreur est la tienne ! (Frappant sur le tableau.) Ceci, c'est l'œuvre d'un homme qui se débarrasse de ses douleurs; c'est le résultat de la fièvre et de la démence.

LÉONA.

Ah ! ah ! ah ! votre imagination s'enflamme. Saisissez vos pinceaux, remettez-vous au travail.

JULIO.

Quand je le ferais... mes passions m'appartiennent, j'en fais l'usage que je veux.

LÉONA.

Cette femme! sa perversité fait son empire... On peut
la supplanter : qu'elle prenne garde! je suis belle, je
suis jeune... plus jeune qu'elle!

JULIO.

Que veulent dire ces menaces?

LÉONA.

Moi aussi je suis ambitieuse, moi aussi je suis vul-
nérable. La fête était superbe cette nuit, les cavaliers
avantageux : j'ai daigné m'en apercevoir; j'ai distribué
des sourires.

JULIO.

Tu veux m'effrayer.

LÉONA.

J'ai donné des espérances à tort à travers; j'ai en-
couragé des déclarations qui ne me déplaisaient pas.

JULIO.

Tu as fait cela?

LÉONA.

J'ai fait mieux : j'ai reçu des présents.

JULIO.

Malheureuse! la coquetterie a des conséquences terribles : as-tu sondé l'abîme où tu descendais? ceci n'a
pas de nom, c'est impardonnable!

LÉONA, tirant un petit poignard de sa ceinture.

Donnez-vous la peine de regarder.

JULIO.

D'où provient ce poignard? où l'as-tu ramassé?

LÉONA.

Ce n'est pas le hasard qui me l'a mis entre les mains;
c'est un galant seigneur appelé Dendoli. Vous étiez
sans cesse en extase devant Sidonia : j'ai voulu plaire à
son amant.

JULIO.

Encore cette femme! mais je la déteste, cette femme :

je méprise son amant : un fat, un débauché! Les grands
seigneurs viennent chez moi; je ne peux pas leur dire
quand je vais chez eux : Renvoyez les gens qui me dé-
plaisent, qui me rappellent de fâcheux souvenirs. Je
suis un homme ordinaire, moi! je peins des tableaux ;
j'appartiens à quiconque se déclare mon admirateur,
m'honore de son patronage.

LÉONA.

Ce cadeau fait mes délices... Il est bien aimable, ce
Dendoli !

JULIO.

Tu trouves... Donne-moi cette bagatelle.

LÉONA.

Pas du tout : je conserve ce qu'on m'a donné.

JULIO.

Ce poignard !... je veux ce poignard !

LÉONA, même jeu.

Je ne vous demande pas votre tableau.

JULIO, la poursuivant.

Imprudente!... mauvaise tête!

LÉONA, s'échappant vers le fond.

Vous ne l'aurez pas!... (Jetant le poignard au dehors.)
Allez le chercher. (Poussant un cri.) Ah!...
(Elle s'enfuit par la gauche.)

JULIO, allant voir au fond.

Dendoli! juste en bas pour le recevoir !... (Revenant
en scène.) Les femmes ont de singuliers caprices. Il est
ridicule, cet homme.... Bah! il est grand seigneur : il
est prodigue.

SCÈNE II.

JULIO, DENDOLI.

DENDOLI, après avoir examiné, regardé un peu partout.

Les nuages se dissipent. Je suis dans le sanctuaire

des beaux-arts, au milieu de chefs-d'œuvre qui font
pâlir la nature..... Mes félicitations, cher maître !

JULIO, froidement.

Votre Seigneurie me fait beaucoup d'honneur.

DENDOLI.

Ce cher Julio ! il y avait longtemps que je désirais le
voir.

JULIO.

Vous m'avez aperçu cette nuit.

DENDOLI.

Vous ai-je vu réellement ?

JULIO.

Vous m'avez abordé.

DENDOLI.

Je n'en suis pas bien sûr... je croyais n'avoir vu que
les femmes.

JULIO.

Si vous avez un reproche à vous faire, ce n'est pas
celui d'être indifférent à mon égard.

DENDOLI.

J'en conviens, tout ce qui vous est particulier m'intéresse. Vous travaillez dans les nuages ; votre ate-
lier touche au ciel ; quand on vient où vous êtes, ce
qui frappe d'abord, ce sont des divinités, des anges !

JULIO.

Qui prennent la fuite à votre arrivée.

DENDOLI.

Pas pour longtemps. Je ne suis pas la dupe de certain manége. Les esprits que l'on voit chez vous ne dé-
testent pas les hommages, les déclarations d'amour.

JULIO.

Je le sais.

DENDOLI.

Cela ne prouve-t-il rien ?

JULIO.

Absolument rien.

DENDOLI.

C'est malheureux, mon cher, vous n'entendez rien aux femmes. Faites de la peinture ; décochez-nous par hasard quelques traits satiriques, quelques flèches qui passent au-dessus de notre tête. Il est un terrain brûlant pour vous, tempéré pour moi : c'est celui des femmes ; sur ce terrain-là je ne crains personne, je suis sûr de vaincre, j'ai déjà triomphé à vos dépens.

JULIO.

A mes dépens! vous daignez vous en souvenir.

DENDOLI.

Cela m'est échappé! m'en voulez-vous?

JULIO.

Pas le moins du monde.

DENDOLI.

A la bonne heure ! Les attachements qui laissent des regrets n'ont jamais bonne grâce. L'amour est un échanson plein de zèle qui fait goûter à tous les vins. Quelle idée auriez-vous d'un tavernier qui vous servirait du xérès, encore du xérès, uniquement que du xérès? Vous l'enverriez à tous les diables, vous lui jetteriez votre coupe au visage.

JULIO.

C'est certain.

DENDOLI.

Vous m'êtes indispensable !... A propos, ne retournez jamais à Naples ; faites cela pour moi, je vous en prie !

JULIO.

La raison, s'il vous plait?

DENDOLI.

Vous allez rendre visite là-bas ! cela pourrait me coûter cher. Venise et Naples ne vivent pas toujours en bonne intelligence. La bouche de bronze ici, la délation là-bas..... Me voyez-vous, moi, voluptueux comme un Oriental, ayant un fond de sable pour lit de repos, une enveloppe de cuir autour des membres ?

JULIO, tantôt railleur, tantôt sarcastique.

Vous me faites frémir.

DENDOLI.

C'est dommage : Naples m'a laissé des regrets... Naples! ses vins! ses nuits! (avec feu) ses femmes! je me les rappelle toutes : Priscilla, Téti, Fillide!

JULIO.

La duplicité, la ruse, l'espionnage !

DENDOLI.

Génifreda, qui dépouillait ses amants comme on dépouille un ennemi vaincu : son père avait été bandit ; son frère ne démentait pas sa famille.

JULIO.

Vous oubliez Sidonia.

DENDOLI.

Sidonia! au fait, oui... malgré que..... Si je vous ai fait du tort auprès d'elle, ce n'est pas ma faute : vous aimiez la plus belle femme de l'Italie ; ma considération, mes goûts, ma vanité, exigeaient que je vous l'enlevasse.

JULIO.

Votre étoile n'était pas si rayonnante alors; la mienne commençait à poindre : vous vouliez vous faire une situation dans ma vie.

DENDOLI, qui ne saisit pas bien.

C'est évident!.. J'aime les femmes qui font parler d'elles. Une femme que personne ne poursuit, quel honneur peut-elle me faire? quelle satisfaction peut-elle me donner? Les femmes! je les connais par cœur; je sais ce qu'elles valent, ce qu'elles font commettre : la meilleure vous dénonce à vos ennemis, la plus sage vous trompe avec votre disciple, la plus... (Tout en parlant il s'est approché du tableau qui reproduit les traits de Sidonia.) Qu'est-ce que cela? un symbole? une allégorie?

JULIO, jouant l'indifférence.

Peu de chose : une femme, des dorures, des fleurs! la femme néglige les fleurs ; les dorures la font sourire. Un sujet vieux comme le monde! cela se voit tous les jours : je ne comprends pas l'intérêt que j'y attache.

DENDOLI.

A quel heureux palais, à quelle somptueuse galerie destinez-vous ce nouveau présent de votre imagination, cette nouvelle assise au monument que vous nous élevez? Eh mais ! on dirait que... mais oui : c'est Sidonia !

JULIO.

Elle ou sa sœur en idolâtrie. Ces sortes de femmes ont toutes la même beauté, la même expression, le même visage.

DENDOLI.

Ce tableau me revient : je mets la main sur lui ; il fera très-bien chez moi.

JULIO.

Ce tableau ne sortira pas d'ici : sa valeur est contestable. On le trouvera dans mes dépouilles.

DENDOLI.

Las ! las! j'attendrai. Je n'ai pas le projet de l'emporter à l'instant, votre tableau. D'ailleurs est-il terminé? Non ! Sidonia n'est pas assez... comment dirai-je?

JULIO.

Je ne fais rien de bon depuis quelque temps : vous en avez la preuve sous les yeux. Est-ce un indice, un avant-coureur de ma fin prochaine? je ne le crois pas : j'ai toujours bonne mine l'épée à la main, la dague hors de la ceinture, en face de mes adversaires.

DENDOLI, choqué du refus qu'il a essuyé.

Vous baissez depuis quelque temps, vous avez dit

vrai : décidément, maître, la vie que vous menez vous est contraire.

JULIO.

Que voulez-vous dire?

DENDOLI.

Vous n'êtes pas assez tourmenté : vous êtes heureux en amour.

JULIO.

Ah ! bah !

DENDOLI.

Votre originalité, votre chaleur, votre puissance de conception, qu'en avez-vous fait? où les avez-vous reléguées? Ce qu'il vous faut, à vous, c'est le cloître ou la taverne, le recueillement ou la dissipation. Voyez vos maîtres, ceux qui vous ont précédé : la plupart ont aimé d'une manière étrange ou n'ont pas aimé du tout. (Promenant ses regards autour de lui comme il a déjà fait à son arrivée). Elle était là tout à l'heure, celle qui vous tresse des fleurs au lieu de vous laisser tout à votre œuvre, qui vous fait rire aux larmes au lieu de vous fouetter le sang par quelque perfidie, quelque salutaire ingratitude ; celle enfin qui vous amollit, qui vous fait un tort véritable, qui vous fait passer tantôt pour un protecteur ennuyeux, tantôt pour un amoureux de comédie.

JULIO, jouant la surprise.

Qui cela? Léona? Ah! Seigneur, où avez-vous l'esprit? une pauvre fille qui n'a pas la moindre idée de l'amour !

DENDOLI.

Me prenez-vous pour un sot? toutes les femmes connaissent l'amour avant nous: c'est leur idée fixe; elles n'ont que cela dans la tête. Voyez votre Léona, elle a tout au plus seize ans; vous lui dédiez de petits tableaux, vous perdez un temps précieux à ses pieds. Moi-même, moi qui vous parle, j'ai causé moins d'une heure avec elle; cela suffit: me voilà sur ses traces, épiant si je la vois venir, prêt à faire quelque folie pour elle.

JULIO.

Vous, Seigneur ! que m'apprenez-vous là ? '

DENDOLI.

Ce qu'elle aurait pu vous dire, si son intention n'était pas de m'encourager, de me faire savoir que je lui conviens.

JULIO.

Voyez-vous la petite sournoise ? qui s'en serait douté ?

DENDOLI.

Moi, tous ceux qui connaissent les femmes. Savez-vous pourquoi je suis ici ?

JULIO.

Vous me l'avez dit.

DENDOLI.

Je viens vous enlever cette chère petite.

JULIO, s'emportant malgré lui.

Enlever Léona ! (Se contenant). Vous faites bien de m'avertir.

DENDOLI.

Oui, cela vaut mieux : cela ménage le temps. Je tiens à ce qu'elle sorte d'ici le plus tôt possible.

JULIO.

Vous voulez qu'elle s'en aille de chez moi ?

DENDOLI.

Renvoyez-la, défendez-lui votre palais.

JULIO.

Vous voulez que je la chasse, que je la mette en demeure d'accepter le premier asile qui s'offrira sur son chemin ? (Le regardant de travers). Vous me proposez tout simplement une indignité !

DENDOLI.

Les grands mots ne décident rien. Cette jeune fille m'a tourné la tête : je la veux à tout prix.

JULIO.

Cette jeune fille ! je lui ai tendu la main ; je l'ai tirée du malheur : ce n'est pas pour vous la livrer.

DENDOLI.

De l'hypocrisie, mon cher !(Riant). Ah ! ah ! ah ! avez-vous donc oublié vos prouesses ? Tout Venise retentit encore du bruit que vous avez fait. Vos tableaux vous ont sauvé du Pont des Soupirs. Dieu sait le compte des maris, des galants que vous avez mystifiés, livrés à la risée publique : toutcela pour... (s'enhardissant, examinant l'effet que ses paroles produisent sur Julio) pour vous distraire... pour vous consoler d'un chagrin... pour effacer une image, échapper à des souvenirs qui ne veulent pas vous abandonner, qui sont enracinés dans votre cœur. (A lui-même, tout haut.) Quelle révélation ! quel trait de lumière ! en tâtonnant j'ai rencontré juste.

JULIO, agité.

J'entends tout cela? je reste muet? je ne me reconnais plus ! non.

DENDOLI.

Vous êtes faible : qui ne l'est pas ? Nous pouvons nous entendre : faites ce que j'ai dit ; je romps avec Sidonia.

JULIO.

Qui vous fait supposer que je songe encore à cette femme sans cœur ?

DENDOLI.

Ce portrait, ce que j'ai vu cette nuit.

JULIO.

Qu'avez-vous vu cette nuit ?

DENDOLI.

Cette nuit, pas plus loin que cette nuit, quand votre ancienne idole s'est montrée, je vous ai vu pâlir.

JULIO.

L'indignation, le mépris, la colère !

DENDOLI.

Tout ce que vous voudrez, hormis l'indifférence. (Avec certitude). Un peintre pareil à vous ne dédaigne pas une femme accomplie... Comme elle était belle, hein ! Entre gens qui s'admirent les ressentiments sont-ils éternels? je ne le crois pas. (Insinuant ce qu'il dit.) Vos succès ont fait réfléchir cette âme si sensible aux satisfactions de la vanité : elle sait le tort quelle a eu de vous méconnaître. Oh! ce n'est point une femme à se contenter de tendresse et de gais badinages : ce quelle aime avant tout chez un homme, c'est un nom, c'est un rang, ce sont des lauriers. Je l'ai vue dans des quarts d'heure où la franchise est d'habitude moins brutale et moins orageuse, s'enflammer contre moi, s'appeler maladroite! perfide! se donner tous les jolis noms qu'elle se donne quand elle a fait fausse route, quand les événements ont déjoué ses calculs.

JULIO, marchant avec agitation, appelant quelqu'un.

Nazaro !

DENDOLI.

A quoi bon vous cacher ses défauts ? que dis-je, ses défauts? ses qualités! Renouez avec elle; vous en serez satisfait. Ce n'est plus la femme indolente et faible d'autrefois : c'est une créature hautaine, hardie, aventureuse. Je suis étonné moi-même du changement qu'elle a subi.

JULIO.

Nazaro !

DENDOLI.

Tenez, vous m'impatientez ! avec vous, rien de sage, de compréhensible. Vous vous feriez dire des choses!...

NAZARO, entrant.

Vous m'avez appelé, Maître?

JULIO, se remettant.

J'ai des cartons à visiter, des médailles à classer. Fais les honneurs du palais à ma place. (Prêt à sortir s'arrêtant.) Obéis à ce digne seigneur comme si c'était moi

qui te commande... Pas de servilité, de lâche complai-
sance!... Que personne ici n'ait à se plaindre de
toi... de n'importe qui, (Flattant Nazaro.) Le meilleur de
mes disciples! un garçon qui m'est dévoué, qui ne
trahira jamais son maître!... (Saluant Dendoli.) Seigneur!
(Il sort. Dendoli ne lui rend pas son salut.)

SCÈNE III

DENDOLI, NAZARO.

DENDOLI.

On dirait qu'il ne me craint pas. Il a tort : il s'en re-
pentira bientôt.

NAZARO.

Aux ordres de ce seigneur, cela me va tout au plus;
aux siens, passe! il est mon maître: mon dévouement
pour lui n'a pas de bornes.

DENDOLI.

Est-il encore épris de Sidonia? Le moyen d'en douter,
après ce que j'ai vu!

NAZARO.

Un torse à peu près supportable, un ensemble assez
bien entendu... Si je le dessinais?

DENDOLI.

Cette petite le distrait un moment: voilà toute l'intrigue. Il y paraît attaché! Quel cœur a-t-il donc?
celui que nous avons tous: il aime à droite, à gauche;
il a plusieurs passions à la fois.

NAZARO.

Un patricien, c'est risquer beaucoup. Bah! je me
passe la fantaisie.

DENDOLI, s'apercevant qu'il est l'objet de l'attention de Nazaro.

Ce drôle m'examine. (Il se redresse avec hauteur, change
de place, puis se remet à réfléchir.)

NAZARO, qui a tiré de sa poche ce qu'il faut pour dessiner.

En le prenant de ce côté, la lumière détache mieux ses traits.

DENDOLI.

Ce serviteur à mes ordres ; Julio pour une heure au moins dans ses collections ; j'ai mon plan dans la tête ! C'est étonnant comme les idées me sont venues tout à coup.

NAZARO.

Vous n'avez rien à me commander, Seigneur ?

DENDOLI.

Attends ! (Il prend ses tablettes et se dispose à écrire.) Je fais venir Sidonia, je les mets en présence : le reste va tout seul.

NAZARO, dessinant.

Un garçon qui veut faire son chemin ne doit pas rester inactif.

DENDOLI, écrivant.

Une écriture à peine lisible ; quelques mots à la hâte. (A Nazaro) Viens ici !

NAZARO, offensé.

Plaît-il ?

DENDOLI.

Approche ! Tu connais la demeure de Sidonia ?

NAZARO, de mauvaise humeur.

Sidonia ? laquelle ? il y en a plusieurs à Venise.

DENDOLI.

Il n'y en a qu'une pour moi, pour ton maître : cours chez elle, fais-lui remettre ceci sur-le-champ. Tu ne diras pas de la part de qui tu viens.

NAZARO.

Si l'on m'interroge ?

DENDOLI.

Ne raisonne pas, fais ce que je te dis.

2

NAZARO.

Mais !

DENDOLI.

As-tu mauvaise mémoire ? que t'a dit ton maître ?
faut-il te rappeler ses paroles ?

NAZARO.

J'obéis... Sotte commission ! (D'un air de triomphe) C'est
égal, je tiens mon croquis.

SCÈNE IV

DENDOLI, seul.

La signature de Julio se trouve au bas du message ;
quand je dis sa signature : celle que j'ai trouvé bon
d'y mettre. (Satisfait, content de lui.) La vie est pleine de
félicités !... l'amour, la guerre, la politique... l'amour
surtout, l'amour !... ses victoires ne vous coûtent pas
cher ; ses blessures ne vous forcent point à vous faire
moine. (Avec un certain dépit.) Nous ne sommes pas les
seuls à nous féliciter du lot qui nous est échu, les
gens à talents n'ont pas à se plaindre du leur : la
fortune est trop bonne pour eux ! Julio peut-il entrer en parallèle avec moi ?.... un peintre de... por-
traits ?... un barbouilleur de chapelles !... Léona, ce n'est
pas la même chose : toutes les jolies filles ont une baguette
de fée dans la main, une couronne sur la tête. Ah ! mon
imprudent Napolitain, vous me laissez seul, vous mettez
votre serviteur à ma disposition ! Si Léona se trouve
encore ici ce soir, je commence à vous admirer, je vous
reconnais mon égal... (S'arrêtant tout à coup.) Sidonia
viendra-t-elle ? qui la retiendrait de venir ? ce n'est pas
la timidité, la prudence, la réserve. Où Sidonia pénètre
un orage est près d'éclater : toutes les autres femmes
deviennent jalouses... Une femme que la jalousie mord
au cœur, cesse de s'appartenir, est à la discrétion du
premier libertin qui se présente.

SCÈNE V

DENDOLI, LÉONA.

LÉONA, avançant la tête.

Je n'entends plus personne... seraient-ils sortis ?...
Non, ce seigneur est encore là. (Elle fait un mouvement en
arrière.)

DENDOLI.

Ah ! mon maître, vous avez des maîtresses, des
femmes que nous désirons.

LÉONA, se décidant à paraître.

Si je profitais qu'il est seul pour savoir si les propos
qui circulaient cette nuit n'étaient pas un peu dérai-
sonnables ?...

DENDOLI, voyant Léona.

J'allais m'éloigner ; une émotion véritable m'a rete-
nu : c'était vous qui vous approchiez. Ah ! si le cœur
pouvait communiquer ce qu'il éprouve sans laisser
aux lèvres le soin de le traduire, que de jolies choses
ne seraient pas perdues pour vous !

LÉONA.

Je ne les écouterais pas ; je serais forcée de prendre
la fuite.

DENDOLI.

Pourquoi ?

LÉONA.

Les jolies choses ne sont pas faites pour moi : je ne
suis pas de votre condition.

DENDOLI.

Qui vous a dit cela ? des gens de bas étage ! Votre
Livre d'or est aussi riche que le nôtre : des batelières
ont donné des amiraux à l'état, des lavandières ont
régénéré des maisons ducales. Vos grâces valent tous
les parchemins de la terre. Les héroïnes de nos poë-
mes romanesques donnent aux Paladins valeureux et

soumis des murailles à renverser, des victimes àdéli-
vrer ; moi, ma tâche est plus difficile à remplir : j'ai
votre modestie à combattre, votre défiance à vaincre.

LÉONA, plus à son idée qu'à ce que lui dit Dendoli.

Votre langage m'intimide : me voilà comme je n'ai
jamais été.

DENDOLI.

Je vous crois : vous pouvez être interdite. (Se rengor-
geant). Nous autres qui tenons un rang distingué dans
l'état, quand nous adressons des paroles flatteuses à
quelqu'un, son émotion ne nous surprend pas, son
embarras nous fait plaisir.

LÉONA.

Ah bien ! alors, vous devez être satisfait.

DENDOLI.

Remettez-vous : c'est la seconde fois que je vous
fais l'aveu de mes sentiments.

LÉONA.

Quels sentiments ?

DENDOLI.

Si vous étiez ailleurs, je serais à vos pieds.

LÉONA,

A mes pieds ! vous ! un patricien !

DENDOLI, avec emphase.

Moi ! Dendoli ! descendant des princes de ce nom,
membre du grand Conseil !... Vous détournez la tête ?

LÉONA.

Je n'ose vous regarder : vous êtes trop brillant pour
moi.

DENDOLI.

Vous regardez bien les autres, Julio, par exemple ;
Julio, qui ne me vaut pas, il est vrai, mais enfin qui
n'est pas tout à fait dépourvu d'éclat.

L ÉONA.

Julio, c'est différent : je suis à mon aise avec lui ; la distance qui nous sépare n'est pas si visible.

DENDOLI.

C'est vrai ! (se reprenant) c'est-à-dire non, c'est faux ! la distance est aussi manifeste... (d'un ton flatteur) à votre avantage.

LÉONA.

On dit qu'il a bien du talent.

DENDOLI.

Hum !... hum !

LÉONA.

Vous lui reconnaissez du génie.

DENDOLI.

Moi ? quelle extravagance ! ses disciples, je ne dis pas : des gens qui sont ses échos, des serviteurs à ses gages.

LÉONA.

Le génie ! on en dit beaucoup de bien, beaucoup de mal, dans les livres qui me passent sous les yeux, dans les histoires ou j'apprends à lire.

DENDOLI.

Le génie ! qui est-ce qui s'en occupe ! La prodigalité, le faste, la grandesse, à la bonne heure ! l'attention ne s'en écarte pas, tout le monde est forcé de les voir.

LÉONA.

Ne dit-on pas des hommes richement doués qu'ils n'ont ni retenue ni frein, qu'ils se font souvent bien du tort ?

DENDOLI, médiocrement intéressé.

On dit tant de choses.

LÉONA, se montant petit à petit.

Comment des hommes dont la vie appartient à quiconque veut la connaître, peuvent-ils donner prise à la censure, à la malignité ?

DENDOLI.

D'abord, entendons-nous : les hommes supérieurs sont en petit nombre ; ensuite, ceux qui passent pour tels peuvent avoir des défauts : c'est même assez la coutume. Tenez, moi ! mes défauts, je ne les cache pas, je les fais voir à la lumière, je les mets aux pieds des femmes.

LÉONA.

Parmi ceux-là dont la vie n'est pas un mystère, il en est, dit-on, qui s'oublient tout à fait, qui deviennent insensibles à l'honneur, à la gloire ; qui suivent un char qui les éclabousse, un penchant qui les déshonore, une femme qui les rend malheureux.

DENDOLI.

Cela s'est vu.

LÉONA, essayant de se contenir.

Julio ! tenez, Julio ! je ne répondrais pas qu'il fût à l'abri de certaines faiblesses. de certaines erreurs du genre de celles que je vois avec surprise... avec stupéfaction.

DENDOLI, vivement.

Ni moi non plus.

LÉONA.

Comment! Julio, si généreux, si remarquable, lui aussi pourrait s'oublier, s'avilir, commettre une de ces bassesses, une de ces lâchetés, qui vous rendent la fable de votre époque, qui vous font mépriser de votre entourage ?

DENDOLI, qui voit tout le parti qu'il peut tirer de la conversation.

Pourquoi pas ?

LÉONA, se laissant emporter.

Si cela m'était prouvé, si je l'en croyais capable, malgré la reconnaissance que je lui dois, malgré le service qu'il m'a rendu, je le haïrais! je le mépriserais! je ne resterais pas un moment de plus ici !

DENDOLI.

Vous feriez bien.

LÉONA, outrée.

Dans un aussi beau palais, dans un lieu consacré par des chefs-d'œuvre, voir des choses pareilles!

DENDOLI.

Cela vous étonne ?

LÉONA.

J'en doutais ; je voulais vous l'entendre dire. Vous êtes un homme influent, vous! un grand personnage : vous pouvez avoir des fantaisies, des caprices, sans que cela surprenne, sans que cela tourne à votre confusion. Mais lui. un homme de talent, le fils de ses œuvres... c'est affreux! je le hais!

DENDOLI, l'excitant.

Allons donc !

LÉONA.

Il le saura.

DENDOLI.

Je ne demande pas mieux.

LÉONA.

Il en rira sans doute?

DENDOLI.

Avec sa maîtresse.

LÉONA.

Laquelle?

DENDOLI.

Sidonia.

LÉONA.

Sidonia ! ce nom ne m'apprend rien : je l'attendais. Ainsi donc, il est avec elle ?

DENDOLI.

Pas encore.

LÉONA.

Oh! vous pouvez parler : je sais tout : ils se sont connus dans les temps; il en est toujours affolé.

DENDOLI.

Il en sera toujours l'esclave.

LÉONA.

Il est avec elle, vous dis-je, il écoute ses mensonges, ils se parlent amicalement.

DENDOLI.

Il y sera bientôt.

LÉONA.

Où donc est-elle alors, cette créature qui fait courir après elle, qui n'est pas où ses amants la cherchent?

DENDOLI.

Elle va venir.

LÉONA.

Elle aurait cette effronterie?

DENDOLI.

C'est son droit. Vous en auriez bien d'autres si vous étiez dans mon palais.

LÉONA, indignée.

Elle ici!

DENDOLI, rayonnant.

O mon idée!

LÉONA.

Seigneur, vous m'avez fait un présent cette nuit; ce présent, il m'est échappé des mains : j'en suis fâchée... j'en suis au désespoir.

DENDOLI, le lui rendant.

Le voici.

LÉONA.

Vous êtes généreux, vous ! les gages d'amour que vous offrez sont riches, éloquents, utiles.

DENDOLI.

Une femme peut avoir confiance quand on lui fait de pareils présents.

LÉONA.

Elle va venir, avez-vous dit ? venir appelée, désirée par lui!

DENDOLI, interrogeant le soleil.

L'heure marche, le temps va vite à côté de vous. (Allant s'appuyer au fond sur la balustrade.) Sidonia doit être sortie de chez elle.

LÉONA, à elle-même.

Mon pauvre cœur, comme il bat ! comme il est agité ! Qui donc a tort ici ? Ce n'est pas moi, j'espère ; quand cela serait ! je ne suis pas forcée d'avoir de la raison, de la sagesse, du discernement : je suis une fille grossière, une malheureuse, une zingarelle.

DENDOLI, à Léona, qui obéit machinalement.

Daignez venir à côté de moi. Le coup d'œil est magnifique au dehors : des embarcations richement ornées promènent des seigneurs, des patriciennes, des filles charmantes ! Venise est radieuse aujourd'hui : c'est la fête de l'amour et de la galanterie... Ecoutez les propos badins, les symphonies sentimentales.

LÉONA, qui regarde au dehors.

Une jeune femme agite son mouchoir.

DENDOLI.

C'est Violante la ballerine : elle m'a reconnu. (Il salue au dehors.) La fille d'un porte-balle ! Vous avez là sous les yeux le cortége qui vous attend, si vous daignez me suivre, si vous mettez un pied dans ma gondole. Vous n'êtes pas à ce que je vous dis : que regardez-vous donc ? (Il se penche pour voir)... Ah ! cette ombre, cette vapeur qui fuit devant le soleil, c'est Damoride, une puissance d'hier, la monnaie d'Aspasie, un peu sur le déclin. (Cavalièrement.) Vous n'êtes pas à votre déclin, vous, la belle ! (craignant de l'avoir effarouchée)... la belle Léona !

LÉONA, anxieuse.

Cette autre là-bas, plus loin, qui va comme une folle, qui ne tient compte ni des embarras ni des murmures qu'elle soulève ?

DENDOLI.

Eh mais ! la voilà ! c'est elle ! que vous disais-je ?

2.

LÉONA, avec explosion.

En plein jour !

DENDOLI.

Oh ! ce n'est point une femme à dissimuler ses démarches : ce qu'elle fait, chacun doit le savoir ; ses intrigues, ses aventures ne sont pas un secret pour personne.

LÉONA.

Ah ! Julio ! j'avais meilleure opinion de vous : une femme qui vous a trompé quand vous n'étiez rien !

DENDOLI.

Quand on est ambitieux, quand on s'appelle tout simplement Julio Marcelli, se souvient-on du passé ? garde-t-on rancune aux femmes de cette qualité-là ?

LÉONA.

Sa rapidité continue. Vient-elle ici, au fait ? (Avec joie.) Elle a dépassé l'angle de ce palais !

DENDOLI.

Son embarcation décrit une courbe gracieuse : c'est toujours ainsi qu'elle s'annonce.

LÉONA.

Elle s'arrête !

DENDOLI.

Quelqu'un va lui donner la main... hé ! c'est Nazaro !

LÉONA.

Il ne la repousse pas ? on la laisse entrer ici ?

DENDOLI, quittant le fond de la scène.

Evitons-la, gagnons l'autre escalier.

LÉONA.

Non !

DENDOLI.

Vous voulez la recevoir, échanger des paroles avec elle ?

LÉONA, le poignard à la main.

Oui !

DENDOLI, voyant sa résolution.

Quel enfantillage ! un aussi joli bijou, risquer de le ternir, de le briser peut-être !

LÉONA.

Vous craignez pour ses jours ? vous allez lui dire qu'elle s'éloigne.

DENDOLI.

Je crains pour vos jolis doigts si roses, si mignons : quel dommage si quelque déchirure, si quelque tache indigne allaient s'abattre sur eux, les mettre en piteux état! (Léona désespérée s'appuie sur le poignard, qui se brise et tombe en morceaux.) Ah ! très-bien : c'est plus rassurant. Venez! Comment ! vous ne bougez pas ! vous restez là pétrifiée ! vous n'avez donc pas compris ? Elle vient : attendrez-vous qu'elle vous chasse, qu'elle vous hulie ? Quelle fille êtes-vous donc? Je vous croyais plus de cœur, plus de fierté. (A lui-même, d'abord un peu inquiet.) Les voilà face à face : que va-t-il se passer? Ce qui se passe entre rivales : des grimaces de favorites, des misères d'enfants !... Je m'appelle Dendoli : je suis à la hauteur de tout ce qui peut survenir... (Il se retire à gauche un peu à l'écart ; Léona vient lentement se placer à droite.)

SCÈNE, VI.

LES MÊMES, NAZARO, SIDONIA.

NAZARO, au fond.

Encore une marche à monter, signora ! Prenez garde ! vous avez failli tomber. (Ne voyant pas Julio.) Tiens, mon maître est encore enfermé chez lui ! c'est assez drôle . Attendez un moment ; regardez les tableaux, les tapisseries, oh! vous avez de quoi vous distraire : nous avons la plus belle collection des chefs-d'œuvre... (Voyant qu'elle ne fait pas attention à ce qu'il dit.) Je vais avertir mon maître de votre arrivée.

DENDOLI, passant près de lui.

C'est inutile.

NAZARO, surpris.

Ah !... je le croyais parti, celui-là (Saluant Sidonia.) Madame ! (A lui-même en sortant.) Ce Dendoli m'a toujours déplu. Pourquoi ne s'en va-t-il pas? Pourquoi ! parce que sa maîtresse est friande, parce que mon maître pourrait bien la garder... Au fait, qu'ils s'arrangent; je retourne à mes études.

SIDONIA.

On voit à peine la fin de cette galerie : quelle différence avec autrefois ! Ce palais vaut presque le mien. Suis-je réellement chez qui je crois être ?

DENDOLI, s'approchant d'elle.

Vous êtes chez Julio Marcelli, l'homme que vous désirez voir, le peintre célèbre, l'ancien petit enlumineur qui vivait de la libéralité des moines et des gens d'église.

SIDONIA, étonnée.

Dendoli ! derrière moi ! (D'un ton mécontent.) Vous m'avez suivie !... vous m'espionnez !

DENDOLI.

Je suis ici pour mon compte, signora.

SIDONIA.

Que voulez-vous dire? est-ce un reproche, est-ce une impertinence? Je vous en avertis, vous pouvez être désagréable à votre aise : j'ai les nerfs aujourd'hui d'un calme, d'un héroïsme à défier tous les orages, toutes les scènes de jalousie. Mais où donc ai-je la tête de vous accueillir comme je le fais ? Vous êtes ici pour votre compte, en effet, la mémoire me revient. (Eclatant de rire.) Ah ! ah ! ah ! me faire un pareil aveu, à moi ! (Le regardant fixement.) Vous observez trop bien nos conventions : vous me faites des traits, Dendoli.

DENDOLI, demi-sérieux, demi-badin.

Vous aimez prodigieusement les arts depuis quelques jours.

SIDONIA, sur le même ton.

Vous êtes incorrigible.

DENDOLI.

Cet engouement subit n'est pas naturel.

SIDONIA.

Oh! je ne vous en veux pas : nous avons tous deux nos faiblesses. Si j'étais bonne, aimante, docile, seriez-vous délicat, fidèle, reconnaissant? Non : vos défauts encouragent les miens. L'intérêt que je vous inspire est basé sur quoi ? Le cœur est pour bien peu dans cette liaison de deux êtres qui s'accordent toutes licences, qui s'avouent leurs peccadilles.

DENDOLI, offensé.

Sidonia!

SIDONIA.

Vous vous fâchez ! je ne me fâche pas, moi, qui devrais m'indigner, vous reprocher votre conduite.

DENDOLI.

Sidonia, vous êtes heureuse d'être belle, d'être influente : ah ! si vos amis n'étaient pas si nombreux! si leur qualité surtout n'intimidait pas mon courage !...

SIDONIA.

A qui parlez-vous ?... Dites tout simplement : Sidonia, tes vertus m'auraient fait rougir, tes défauts m'enchantent; j'aime les femmes qui ne valent pas mieux que moi : traite-moi comme je le mérite, abuse de ta faveur.

DENDOLI.

Qu'est-ce à dire? c'est intolérable : vous tenez un langage...

SIDONIA.

Osez-vous bien élever la voix, traître ! corrupteur !

DENDOLI, moins haut.

Hypocrite !

SIDONIA.

A la bonne heure ! j'aime à vous voir ainsi, roulant

des yeux, prêt à me traiter comme une servante, mais n'osant pas... non !

DENDOLI.

Vous serez toujours la plus... (se calmant tout à coup) la plus amusante divinité que je connaisse.

SIDONIA.

Les divinités n'ont pas de maîtres, elles n'ont que des adorateurs.

DENDOLI.

Je suis votre humble courtisan. (Il s'incline devant elle.)

SIDONIA.

Le plus humble, en effet... le plus indigne.

DENDOLI.

Vous ne m'avez pas laissé finir. (Riant à son tour.) Avouez que vous êtes sur des épines.

SIDONIA.

Et vous sur des charbons ardents.

DENDOLI.

Lequel a raison des deux ?

SIDONIA.

Tous les deux peut-être.

DENDOLI.

Voulez-vous me céder la place?

SIDONIA.

Non ! ce serait établir un précédent dont vous abuseriez.

DENDOLI.

Vous n'êtes pas si forte que vous le croyez. (S'apercevant tout à coup qu'il a oublié la présence de Léona.) Eh mais! j'oubliais cette enfant.

SIDONIA, étonnée.

Quel enfant ? (Elle se retourne, aperçoit Léona.) La petite Ariane de cette nuit! (Riant.) Ah! ah! ah! je devine à présent pourquoi vous m'avez répondu sur un ton qui commençait à m'impatienter: deux oreilles étaient là qui nous écoutaient, qui ne perdaient pas un mot de notre querelle... Ceci s'appelle un manque d'usage, Dendoli! C'est mal! très mal! (Accentuant ce qu'elle dit.) Un manque d'usage accompagné d'une trahison : deux indignités à la fois. Comme il est peu dans mes habitudes d'être complaisante à bon marché, attendez-vous à payer tout ceci fort cher.

DENDOLI.

Je ne marchande pas ma liberté. (A lui-même.) Où diable avais-je la tête? je n'en fais jamais d'autres.

SIDONIA.

Toutes vos ressources y passeront; si votre aristocratie n'était un majorat, je ne vous ferais pas même grâce de vos titres.

DENDOLI.

J'ai parfois des absences.

SIDONIA, examinant Léona.

Elle est assez bien, cette petite; (d'un air de supériorité) un peu gauche, un peu sauvage : cela tient à son origine.

DENDOLI.

Sidonia, vous effarouchez cette jeune fille.

SIDONIA.

Quand cela serait! le beau malheur! qui donc est chargé de me recevoir? Ce n'est pas elle, ce n'est pas vous. Le maître du logis se fait bien attendre : jusqu'ici je n'ai vu que des serviteurs.

DENDOLI.

Signora!

SIDONIA.

Voyez donc les yeux qu'elle a : sont-ils assez grands? Ai-je dit une chose qui pouvait la mortifier?

LÉONA, intervenant.

Parlez moins haut! madame : ce palais n'est pas un

terrain neutre, une arène où l'on vienne parader, faire assaut d'inconvenances.

SIDONIA.

Hein! plaît-il?

LÉONA.

Que venez-vous faire ici? qui vous a permis d'entrer?

SIDONIA, à Dendoli.

A qui donc en a-t-elle? Ce n'est pas à vous : c'est peut-être à moi. L'aventure est originale.

LÉONA, indignée, convulsive.

En effet, c'est bizarre : une enfant qui se permet de vous interpeller, une simple jeune fille qui se dresse entre vous et vos projets. (La regardant bien). Vous êtes une adorable créature, madame! vous êtes belle! oh! mais belle à déconcerter vos ennemies, à m'étonner, moi qui connais des anges, des madones, des tableaux où le ciel est représenté!... le ciel avec ses séraphins! (D'un air décidé). Une autre à ma place reculerait; moi, je vous affronte, je vous défie : oh! vous n'aurez pas facilement raison de la malheureuse.

SIDONIA, à Dendoli.

En voilà bien d'une autre! si c'est une surprise de votre invention, elle est de bien mauvais goût.

LÉONA.

Écoutez la vérité, madame! on la dit à ceux qui souffrent, on peut la dire à ceux qui mènent la vie que vous menez. J'ai su bien des choses que j'ignorais cette nuit. Vous n'avez pas toujours été opulente. Il y a quelques années, un homme vous aimait ; cet homme avait une idée fixe, une ambition: se faire un nom dans son pays, se faire un sort aussi beau que celui d'un souverain. Vous étiez déjà vaine et surtout dissimulée ; la condition des vôtres vous faisait rougir. Il était heureux, lui, cet homme qui voyait tout en beau: il avait foi dans ses talents, il ignorait l'état de votre âme. Un soir qu'il vous attendait, la sueur inondait son visage, la journée avait été rude ; il attendit en vain, il attendit longtemps : il était trahi, trompé ; pour qui ? dans quelle circonstance ? (Avec horreur et mépris.) Vous avez abandonné lâchement celui qui vous chérissait, celui que vous auriez dû vénérer, soutenir, comprendre !... Venez-vous faire amende honorable, confesser votre félonie, faire voir enfin que vous avez des regrets, des tourments, des remords ? pas du tout ! Vous voilà, comme toujours, altière, ne doutant de rien. Vous vous êtes dit : Julio n'est plus à dédaigner : son nom, ses lauriers, sa gloire, en font une proie superbe, avantageuse pour une femme ; il est temps de retourner à lui... Vous avez ajouté... Je suis belle ! je suis impérieuse ! je n'aurai qu'à paraître : les affections qui se sont groupées autour de lui vont être saisies d'effroi, vont prendre la fuite à mon arrivée... Vous revenez à lui quand il est glorieux ! où vous trouvait-on quand il a souffert ? Il y a des limites à tout. La vie sage et modeste des femmes scrupuleuses ne vous a pas convenu : c'est bien ! contentez-vous du lot que vous avez choisi... Il est de certains cœurs qui devraient mieux se connaître, qui devraient hésiter avant de pénétrer quelque part... qui devraient réfléchir avant d'aborder qui que ce soit.

SIDONIA.

Ah ! Dendoli, vous me le payerez ! Vous auriez dû prévoir ce qui m'arrive... Vous êtes un maladroit !

DENDOLI, à Léona.

Vous oubliez, chère belle, que si la signora se trouve ici, c'est qu'elle a reçu l'invitation d'y venir ; si la personne qui désire sa présence vous entendait, je ne sais pas trop si vous auriez à vous féliciter de l'attitude que vous avez prise.... Ah ! mon Dieu ! si la confusion allait être de votre côté !... j'en serais au désespoir... mais !...

LÉONA, ironique, amère.

C'est juste ! j'ai tort !... je change de langage. Tout le monde n'est pas du même avis, madame ! Vous avez une cour, des partisans ; quand on veut paraître avantagé du sort, on fait semblant de vous aimer, on satisfait tous vos caprices.

SIDONIA.

Vous croyez ?

LÉONA.

Je suis folle de vous en vouloir... C'est peut-être l'envie ? Je ne dirais pas non : c'est si désirable de vivre au milieu du bruit, des fêtes, des plaisirs ; de s'étourdir si fort que la tête s'égare, qu'on ne sait plus où l'on est, où l'on va, quelles fleurs l'on écrase, quels tapis l'on foule ! Je commence à les mieux juger, ces femmes qui vivent dans la mollesse, dans la familiarité des dissipateurs et des étourdis. Je commence à rougir de mon infériorité, de mes scrupules: c'est aussi trop d'innocence! On me dit que je suis belle, je baisse les yeux, au lieu de les relever ; on m'offre tout ce que l'on met à vos pieds, je résiste à la tentation, je repousse les offrandes. Dieu merci! tout cela va changer... Je ne veux pas être moins heureuse que les autres femmes. La conduite que je vais tenir, votre exemple me la suggère... l'intelligence vient vite dans un cœur dégagé d'amitié, dans une âme ulcérée traitée légèrement. (Ne sachant plus ce qu'elle dit.) Moi aussi, j'ai des séductions qui ne demandent qu'à s'exercer ; moi aussi, j'ai des chances d'avenir. Tenez, je vais faire comme vous, c'est une idée qui me vient; je ne vois pas pourquoi je refuserais plus longtemps la joie, la domination, la richesse.

DENDOLI.

Excellente inspiration !

SIDONIA.

Voyez-vous cela !

LÉONA.

J'ai sur vous l'avantage d'avoir été malheureuse. (Avec vivacité.) Le parti que je vais prendre, vous l'avez bien pris.

SIDONIA.

Ah ! Ah ! Ah !

LÉONA.

Je vous vaux bien !... je suis jeune. . . . .
. . . . je suis belle... Est-il
donc si difficile d'être rusée, coquette, vaniteuse? Vous
avez eu des conseils ; (montrant Dendoli) j'ai déjà ceux de
ce seigneur.

DENDOLI, à Léona.

Les soins ne vous manqueront pas... la beauté, voyez-
vous, la beauté! les plus fiers patriciens se découvrent
devant elle ; la populace même, la populace ! la consi-
dère autant que le lion de saint Marc. (Avec empressement.)
Vous aurez un palais, des serviteurs..., des esclaves !...

LÉONA.

On lui donne un palais, des serviteurs ; elle est libre
de ses actions?

DENDOLI.

Tout à fait libre.

LÉONA.

Elle peut avoir des sympathies, des répugnances ;
être d'une humeur difficile à fixer sans avoir de
reproches à subir, sans avoir de compte à rendre à
personne.

DENDOLI.

Ma gondole est en bas, mes serviteurs à vos ordres ;
quand je dis mes serviteurs, les vôtres, ceux que je
commande : ne suis-je pas le premier de vos esclaves,
ne suis-je pas à votre service ?

SIDONIA, avec un certain dépit.

Vous êtes renversant, mon cher : je ne vous ai jamais
vu comme cela ; vous m'avez tourné la tête à moins.

DENDOLI.

Elle en vaut la peine ! (En confidence.).... Son petit
cœur n'est pas tout à fait débarrassé de Julio... ne faut-
il pas que je l'étourdisse ?

SIDONIA, fièrement.

Qui vous demande des explications? qui vous interroge?.... Cette petite vous convient, je n'en suis pas jalouse : emmenez-la. (Se rapprochant de Léona.) Dendoli vous donnera toute la terre : il est magnifique à ses heures... Vous allez être ma rivale ; une rivale bien terrible, la pâleur de votre visage, l'altération de vos traits me le disent assez.

LÉONA.

Je ne sais pas où j'irai tout à l'heure ; je ne peux pas dissimuler mes chagrins. Raillez-moi ! donnez carrière à votre ironie ; dépêchez-vous pourtant : ma douleur et moi nous serons bientôt d'accord... Ah ! je me vengerai, vous pouvez en être sûre.

SIDONIA.

Prenez garde que je ne vous prenne au sérieux.

LÉONA.

Vous me rencontrerez partout, je vous ferai tout le mal possible.

SIDONIA.

J'ai déjà commencé, mon enfant... D'abord ne comptez plus sur Julio ; vos regrets me le rendent précieux ; je m'installe ici.

LÉONA.

Que m'importe Julio ! Le mépris que j'ai pour vous rejaillit sur lui : je ne l'excuse pas de vous avoir aimée.

SIDONIA.

Vous le prenez sur ce ton... Je vais vous prouver que moi aussi j'ai mon point d'honneur et ma façon d'agir : il ne me convient pas d'être à la poursuite d'un amant qui m'est si facilement abandonné. (Agitée à son tour.) Je vois le fond de cette intrigue : on a voulu se servir de moi. (Fixant Dendoli.) Dendoli, par exemple, Dendoli machinateur habile, (Le regardant mieux) habile à contrefaire les écritures, à signer un nom qui n'est pas le sien. (Prenant une décision.) Je pars !

DENDOLI, vivement.

Etes-vous folle ?

SIDONIA.

Vous n'êtes pas forcé d'en faire autant.

DENDOLI.

Vous n'avez pas le sens commun. (Montrant Léona.)
Voyez sa joie !... Tout à l'heure c'était la jalousie qui
la faisait parler.

SIDONIA.

J'ai changé d'idée... Tout cela ne m'intéresse plus.

DENDOLI.

On dira que vous avez eu peur ; vous allez être la fable de tout Venise.

SIDONIA, prête à sortir.

Je donne une mascarade après-demain; vous y verrez
Julio : ma première invitation sera pour lui.

DENDOLI.

Vous vous bercez là d'un espoir qui ne se réalisera
pas : Julio n'ira pas à votre mascarade.

SIDONIA, s'arrêtant.

Qui l'en empêcherait ?

DENDOLI, montrant Léona.

Elle !... Vous la méprisez à tort: cette jeune fille est
tout aussi sérieuse qu'une autre.

SIDONIA, revenant en scène.

Je reste !... (A Dendoli.) Satan ! oh, que vous connaissez bien mon âme... Eh bien ! qu'attendez-vous? J'ai dit
que je restais : c'est à vous de partir... Allez-vous-en
tous les deux.

DENDOLI.

Vous avez entendu, Léona ? notre place n'est plus ici :
je vais vous conduire à votre nouvelle demeure.

LÉONA, toute à sa douleur.

Quelle demeure? que voulez-vous dire? Je ne vous
comprends pas.

SIDONIA, éclatant de rire.

Ah! ah! ah!...

DENDOLI, doucement.

Vos idées sont un peu indécises... Ce ne sera rien... Rappelez-vous la conversation que vous venez d'avoir?

LÉONA, machinalement.

Ah ! oui, mon départ, ma situation nouvelle !...

SIDONIA.

Joli début (A Dendoli.) Je vous fais compliment de votre conquête.

LÉONA, indignée.

Que dit cette femme? (A haute voix.) Je n'appartiens à personne ! j'accepte les bons offices qui me sont offerts. (Elle se dirige vers le fond.)

JULIO, dans la coulisse.

Quelles voix! quel bruit! pour sûr on n'est pas d'accord.

LÉONA, s'arrêtant.

Ah!

SIDONIA, tressaillant.

Julio !

DENDOLI, contrarié,

Il arrive un instant trop tôt. (A Léona, qui ne bouge pas.) Vite! vite! sortons.

SIDONIA.

Comment va-t-il me recevoir? (Réprimant toute inquiétude.) Comme je voudrai : je connais sa faiblesse. (S'élançant derrière une tapisserie au premier plan à gauche.) Je paraîtrai quand les autres ne seront plus là.

SCENE VII

DENDOLI, LÉONA, JULIO.

JULIO, entrant par la droite.

Léona! Dendoli! je ne vois personne autre..... J'avais pourtant cru entendre.

DENDOLI, à Julio.

Nous allions nous en aller. (Un peu embarrassé.) Pardon si je m'en vais sans vous dire adieu! tous mes soins sont à cette aimable enfant. (Regardant autour de lui.) Où donc est passée Sidonia?... Bon! la voilà qui part au moment où sa présence est si nécessaire.

JULIO, étonné.

Vous alliez sortir, dites-vous? sortir ensemble!... Vous vous connaissez à peine.

DENDOLI.

Comment avez-vous dit? nous nous connaissons à peine? Nous ne faisons que cela depuis quelques heures. (D'un air d'ennui.) On bâille à mourir ici, mon cher! on s'ennuie.

JULIO, passant entre lui et Léona.

Un moment! On ne s'en va pas ainsi, (montrant Léona) surtout quand on a le visage aussi bouleversé.

DENDOLI.

Aussi bouleversé! quelle erreur! aussi radieux, voulez-vous dire? voyez plutôt : je rayonne, je nage dans la joie... je... (Il veut se rapprocher de Léona.)

JULIO.

La saison des pasquinades est passée ; je ne suis pas en train de rire : je veux, j'exige une explication!

DENDOLI, choqué.

Vous exigez!

LÉONA, revenant en scène.

Mon départ est tout simple : je suis Italienne, je cède à l'entraînement général.

JULIO.

Qu'est-ce que tu dis?

LÉONA, que sa fièvre a reprise.

A Venise, tout le monde s'amuse : les grands, les petits, les princesses et les filles du peuple . Tant pis s'je

me perds ! tant pis si je me damne ! La nuit dernière
m'a fait entrevoir des horizons nouveaux. J'aime les
réunions où l'on se fait des confidences très-curieuses;
j'aime les fêtes qui ne tiennent compte ni de la durée
du temps ni des avertissements du soleil. Tout bien
considéré, mieux vaut s'éteindre tout de suite fou-
droyée, vaincue par le plaisir, que de vivre longtemps
seule, ignorée, méconnue, n'ayant jamais éprouvé la
moindre satisfaction.

DENDOLI.

Comment rester entre quatre murailles quand tout
est joie, délire, amour au dehors? (Jouant l'admiration.)
Amphitrite parle par sa bouche... Amphitrite ! la belle
fiancée du doge !

LÉONA.

Les gondoles les plus riches vont me recevoir, les
plus brillants seigneurs se disputer mes œillades ; je
serai bien changée dans quelques jours : si vous daignez me reconnaître, nous rirons bien ! Vous me rap-
pellerez ma misérable situation d'autrefois.

JULIO.

Si je m'attendais à ceci !...

DENDOLI, à Léona.

Vos traits seront vite effacés de sa mémoire. (D'un
ton sérieux.) Les femmes qui ne font pas éprouver d'a-
mour sont comme les nuages qui passent dans le ciel.
(Avec pitié). Pauvres nuages! en reste-t-il un dans le
souvenir?

JULIO, à Dendoli.

Vous avez tourné la tête à cette enfant: vous êtes
responsable de sa folie. (A Léona.) Voyons, Léona, sois
plus calme. Il paraîtrait que j'aurais eu quelques
torts envers toi, quelques torts nouveaux, car enfin
ceux que tu me reprochais tout récemment sont ou-
bliés, Dieu merci!

LÉONA.

Cette femme qui se trouvait là, dans l'instant, cette
femme ! qu'est-elle devenue?

JULIO.

Cette femme! Encore une énigme! de quelle femme
veux-tu parler? (Croyant comprendre.) Ah! de Sidonia
sans doute, depuis ce matin tu n'en connais pas d'autres. (Avec amertume.) Sidonia! beau sujet de conversation! (D'un ton résolu.) Tiens ; épuisons-le tout de
suite... Sidonia!... Oui je l'ai aimée, je ne rougis pas
de le dire, mon cœur est ainsi fait, tout ce qui paraît
beau m'enflamme : je me suis agenouillé devant elle
comme je me suis découvert devant les merveilles du
Paganisme... Elle était orgueilleuse et frivole, nous
devions vivre séparés.

DENDOLI, à Léona.

Séparés par la largeur d'un canal. Les gondoles rap-
prochent les distances.

JULIO.

Ai-je rencontré juste?... explique-toi? (S'emportant.)
Je n'aime pas que l'on se taise quand je demande des
explications... Quelqu'un t'a dérangé l'esprit? Que
t'a-t-on dit? parle?.... Des banalités, des impostures.
(Regardant Dandoli.) On bavarde aussi bien ici comme
on bavardait à Naples. (A Léona.) Sais-tu comment
s'élaborent, se propagent les faux bruits?... Dans une
fête... au Rialto... n'importe où, quand on ne s'occupe
pas des affaires de la république, il est question des
particuliers; deux seigneurs se rencontrent... Savez
vous la nouvelle? il a revu Sidonia, ils se sont récon-
ciliés... Les gondoliers ont l'oreille à tout? Prend-on
garde aux valets, aux mendiants, aux sbires. Rien ne
se perd, tout rapporte à Venise. (Avec intérêt.) Et te
voilà tout inquiète, toute révoltée... Connais-tu bien
l'homme que tu as devant les yeux? Sais-tu quel est
son empire sur lui-même? Mes passions s'épurent tous
les jours. J'ai beau, par instant, paraître découragé, mon
défaut est celui des gens qui travaillent pour acquérir,
pour conserver un nom... j'ai beau m'emporter, me
plaindre du sort, un moment après il n'y paraît plus

3

LÉONA, tristement.

Hélas !

JULIO.

Un dernier avis : la Providence a plus fait pour toi que tu n'espérais : Que te manque-t-il ici? Je t'aime comme on aime le résultat toujours présent d'une bonne action.

LÉONA.

Vous avez fait beaucoup pour moi, c'est vrai, vous me le reprochez! je devais m'y attendre.

JULIO.

Je ne te reproche rien! je veux te savoir heureuse. Si c'est le changement d'air qu'il te faut, j'ai à quelques lieues d'ici, à l'embouchure de l'Adige, de vieux parents, de simples pécheurs qui t'ouvriront leurs bras à ma recommandation. Là, jamais un instant de monotonie, le cadre de ton enfance, des périls, des occupations variées... Attends à demain; si tu n'as pas changé d'avis, un bâtiment t'y conduira.

LÉONA.

Qu'entends-je !

DENDOLI.

Des sentiments, voilà ce que je craignais; il est temps d'y mettre ordre... hum! hum!

LÉONA, avec émotion.

Il m'offre un refuge dans sa famille; il me donne de nouvelles preuves d'intérêt. (Avec entraînement.) Julio! mon bienfaiteur, mon ami! (En ce moment un bruyant éclat de rire se fait entendre à gauche.)

JULIO.

Cet éclat de rire insolent! d'où part-il? (Il se précipite vers la tapisserie à gauche, la soulève, ne voit rien.)

DENDOLI, à Julio.

Il vient du dehors... inutile de chercher. (A Léona.) Il sait qu'elle est là. Il se moquera de vous jusqu'à la fin.

JULIO, agité.

Léona, laisse-nous! je veux éclaicir un soupçon.
(Sévèrement.) Tu n'obéis pas !
..... Encore ton attitude insupportable..... Rentre
chez toi ! (Frappant du pied.) l'impatience commence à
me gagner.

LÉONA, redevenue fièvreuse.

De la colère, des menaces. (Riant d'un rire convulsif.)
Ah ! ah ! ah ! On menait la vie joyeuse ici quand j'étais
sous le porche des églises, on s'y querellait, on s'y
donnait des coups d'épée.... Quand vous recommence-
rez vos nuits scandaleuses, Julio, pensez à moi !
Faites moi revenir !

JULIO.

On s'y donnait des coups d'épée, dis-tu ?... bien !
tu me rappelles celui que j'ai reçu pour toi. (Léona
tressaille.) Léona, je te croyais meilleure ; tu n'es qu'une
ingrate, je ne te retiens plus.

DENDOLI, à Léona.

Vous entendez, votre présence le gêne : Est-ce assez
significatif.

JULIO.

Que dites-vous ? laissez cette jeune folle ! votre insis-
tance à la détourner du bien pourrait nous mettre
face à face.

DENDOLI.

Quelle supposition ridicule !..... Vous oubliez mon
rang... qui vous êtes.

JULIO.

La considération publique anoblit ; j'ai des talents,
je suis votre égal.

DENDOLI, à Léona.

Il perd la tête ! Venez, donnez-moi la main.

JULIO, marchant sur lui.

Vous n'avez donc pas compris ?

DENDOLI.

Ah ! mais... vous devenez bien arrogant.

NAZARO, paraissant.

Que se passe-t-il, mon dieu ?

JULIO.

Vous la rejoindrez plus tard.

NAZARO, au fond.

La dame aux tablettes aura mis le désordre ici.

SCENE VIII

LES MÊMES, NAZARO

JULIO, avec sensibilité.

La reconnaissance ne te dit plus rien, tu veux décidément partir, Léona ?

LÉONA, avec effort.

Oui !

JULIO, appelant.

Quelqu'un !... Nazaro !... le premier venu !

NAZARO, s'avançant.

Maître !...

JULIO.

Nazaro, conduis cette jeune fille au bas de ce perron,
dis à Battista de lui faire faire le tour des lagunes, le
grand air rafraîchira son esprit : si cela ne suffit pas,
qu'elle aille où sa destinée la conduit.... J'en souffrirai.. .. j'en souffrirai beaucoup ! mais enfin, je n'ai
pas le droit de la retenir.

DENDOLI, vivement.

Reste ici, Nazaro, je te défends de sortir (Étonné de
ne pas être obéi) Il ne m'écoute pas..... Maître, je vous
débarrasserai de votre serviteur.

JULIO.

Un fidèle serviteur, l'étoffe est rare , vous auriez
tort.

DENDOLI, faisant un geste de menace à Nazaro.

Tu n'es pas un grand peintre, toi !

JULIO.

Il obéit à mes ordres ; ce n'est pas à lui qu'il faut vous en prendre, c'est à moi.

NAZARO à Léona.

Venez-vous ?

LÉONA, prête à sortir.

Adieu ! Julio.

JULIO.

Je ne t'ai pas renvoyée, Léona, ta place est toujours à mon foyer ! Ne perds pas cela de vue.

DENDOLI.

Enfin ! (Il s'élance pour la suivre.)

JULIO à Dendoli, vivement allant vers lui.

Je vous ai dit : plus tard !

SCÈNE IX.

DENDOLI, JULIO

DENDOLI.

Prenez garde ! Maître, nous avons des cachots à Venise, des cachots terribles.

JULIO, regardant s'éloigner Léona.

O les femmes ! les femmes ! intéressez-vous donc à leur destinée. (Revenant à Dendoli.) A nous deux... prévoyez-vous le sort qui vous attend ?

DENDOLI.

J'ai mon rang qui vous intimide. (Frappant sur son épée.) J'ai mon épée (avec autorité.) Voyons, livrez-moi passage !

JULIO, s'écartant un peu.

Bien volontiers.

DENDOLI, avec satisfaction.

Ah !.. je le disais bien. (Il va pour sortir.)

JULIO, le devançant.

Non ! pas par ici. (Lui montrant le vide), de ce côté... en sautant par-dessus la balustrade.

DENDOLI, étonné.

Hein ?

JULIO.

Quelques coudées à franchir, une seconde tout au plus en l'air, vous tombez dans les bras des filles de Nérée.

DENDOLI, après une pause.

Vous aimez la facétie, nous vous enverrons en terre ferme, là vous trouverez des gens disposés à vous donner la réplique : Arlequin ! Polichinelle ! Cassandre !

JULIO.

Voyons, décidez-vous.

DENDOLI.

Dans votre intérêt ne vous écartez pas trop des égards qui me sont dus : Venise n'aime pas qu'on touche à ses patriciens.

JULIO.

Bah !.. Nous ne sommes plus au temps de nos ancêtres, elle est bien dégénérée la bonne ville... Allons, dépêchez-vous, le temps est superbe... On ne se noie pas quand on porte un nom aussi brillant que le vôtre.

DENDOLI.

Ah !... c'est donc sérieux ?

JULIO.

Votre conduite de tout à l'heure était-elle plaisante ?

DENDOLI, prenant une décision.

C'est bien ! appelez vos valets !

JULIO.

Les vôtres n'y sont pas, la partie serait inégale.

DENDOLI, tirant son épée.

Si vous étiez chez moi, je serais moins chevaleresque. (S'élançant vers le fond l'épée haute.) Arrière !.. Place !..

JULIO, le recevant au bout de son épée qui se trouvait dans un coin.

Il y a quatre ans, j'aurais donné tous les tableaux du monde pour vous avoir au bout de mon épée... aujourd'hui, c'est vous qui tenez à ferrailler avec moi. (Ils se chargent vigoureusement.)

DENDOLI, changeant de place.

J'ai le soleil dans les yeux. (Avec dépit et fureur.) La sueur m'empêche de voir. (Il s'arrête un instant épuisé, hors d'haleine.)

JULIO.

Eh bien ?

(Le combat recommence avec plus d'énergie. Dendoli est désarmé, Julio s'arrête.)

DENDOLI, ne se possédant plus.

Jeu d'enfants que les épées. (Il tire son poignard, s'élance vers Julio.) Si vous m'épargnez, cette fois-ci, je vous tue sans miséricorde !

JULIO, jetant son épée.

Je vous attendais là. (Il prend un poignard qui se trouve à sa portée.)

(Lutte de quelques instants. Il est facile de s'apercevoir que Julio a le dessus.)

DENDOLI, trépignant.

Cet homme a des muscles d'acier !

JULIO.

Vains efforts ! (l'entraînant.) Résistance inutile ! (il le pousse vers le fond.)

DENDOLI, à moitié suffoqué.

C'est indigne !.. Vous outragez l'état ! (se voyant perdu.) A l'aide ! au secours !

JULIO, le lançant au dehors.

A l'Adriatique !

DENDOLI, poussant un cri.

Ah ! (il disparaît.)

JULIO, revenant en scène.

Le péril est moins grand que l'humiliation.

SCÈNE X.

JULIO, NAZARO.

NAZARO, au fond.

Ah ! ah ! ah ! je vous reconnais là, quel dommage que
ses laquais ne se soient pas trouvés avec lui, j'aurais
si bien fait comme vous, je les aurais si bien envoyés
rejoindre leur maître.

JULIO.

Tu as tout vu ?

NAZARO.

Malheureusement ! non.

JULIO.

Que se passe-t-il au dehors ?

NAZARO.

Il est revenu sur l'eau... vingt embarcations se diri-
gent de son côté... (Quittant le fond), le reste offre moins
d'intérêt.

JULIO, inquiet.

Diable !

NAZARO.

Il est sauvé.

JULIO, rassuré.

Bien !

NAZARO.

Tant pis ! malgré tous ses ridicules, c'est un patricien : il est puissant.

JULIO.

Je me moque de son crédit.

NAZARO.

Il va vous faire exiler.

JULIO.

A son aise! l'Italie est la terre des arts! où j'irai je serai le bien venu, j'aurai toujours une église à peindre. (Revenant à d'autres idées.) As-tu bien suivi mes instructions? Où as-tu laissé Léona ?

NAZARO.

Comme vous me l'avez dit, sous la conduite de Battista.

JULIO.

Elle ne t'a chargé de rien?

NAZARO.

De rien... Ah ! elle était triste : j'ai cru même entrevoir des larmes.

JULIO, avec mélancolie.

Reviendra-t-elle? La voilà partie comme l'autre, comme toutes celles que je rencontrerai. Le destin me traite en ennemi, tous mes attachements se brisent, à qui la faute? ma conscience est-elle tranquille? je n'ose l'affirmer... (Se décidant à s'occuper d'autre chose.) Le travail! consolation des affligés, refuge toujours ouvert... Allons! (A Nazaro.) Dispose ici mon chevalet, mes couleurs, j'étoufferais dans une autre salle... Travailler! l'inspiration ne vient pas comme on veut, la main n'est pas toujours obéissante! (Se révoltant contre lui-même.) J'ai déjà passé par ces épreuves... Faux brave! qui se laisse intimider par des chagrins. L'inspiration te manque, dis-tu : N'as-tu pas des ennemis à punir, des rivaux à désespérer. L'Espagnolet prétend que tu ne sais peindre que les sujets efféminés, il faut lui donner un démenti qui le couvre de confusion. (Indiquant le portrait de Sidonia.) Jette ce tableau dans un coin ! je veux en commencer un autre.

NAZARO, obéissant, parlant au tableau qu'il déplace.

J'en suis fâché pour vous, ma belle dame. (Avec satis-

3.

faction.) J'étais né po^r servir un peintre... un peintre célèbre... je regarde, je dessine, je compare. (Il va pour tirer le rideau qui se trouve au fond.)

JULIO, vivement.

Donne du jour au contraire. Les peintres de mon école n'ont pas peur du soleil... Mes œuvres! à moi, mes œuvres ne sont pas ébauchées dans l'ombre.

NAZARO.

Quel homme! quel génie. (A Julio). Voilà vos fusins... Avez-vous bien tout ce qu'il vous faut? il ne me répond pas... son imagination se donne déjà carrière... Je me garderais bien de le déranger. (Il sort en faisant le moins de bruit possible.)

SCÈNE XI.

JULIO, Après avoir essayé de travailler.

J'ai la tête ailleurs. J'aurais dû retenir Léona; quand cette jeune fille était ici, j'avais la main plus ferme, la pensée moins vagabonde. (Avec tristesse.) Qui me tiendra compagnie à présent? la gloire! elle était insuffisante hier; les sympathies de la multitude!... Ont-elles un ramage... un sort, un abri chez moi... L'isolement n'est pas la vie. Une affection naïve est nécessaire à l'âme. (Avec amertume.) Je jetterai l'or par les fenêtres... j'ouvrirai la porte à des parasites; je ferai battre des mercenaires. (Pause d'un instant.) Quelque chose de suave manque ici. Léona... je la cherche des yeux, je doute encore de son absence. Est-elle aussi coupable qu'elle paraît l'être? N'ai-je rien à me reprocher? j'ai laissé sa jeune imagination s'avilir, se morfondre au contact de l'oisiveté. J'aurais dû m'emparer de son esprit, ne pas permettre qu'elle envisageât la vie au delà de cette enceinte. Ses instincts étaient bons, j'aurais dû les cultiver. J'aurais dû lui donner des loisirs analogues à ceux des femmes destinées à faire le bonheur d'un seul homme. (S'interrogeant.) Elle avait l'air de m'aimer : Comment m'aimait-elle? j'ai négligé d'y faire attention;

J'ai presque eu peur de le savoir! Quel désordre dans mes sentiments, Léona d'un côté, Sidonia de l'autre ; je les ai mises en présence cette nuit ; j'avais un but : lequel? je m'en souviens à peine. (Faisant un effort sur lui-même.) A l'œuvre! le travail ne m'a pas encore oublié... Au travail! quand je devrais enfanter une œuvre abominable.

(Insensiblement l'amour du travail s'empare de lui.

SCÈNE XII.

JULIO, SIDONIA, entrant en scène, souriante, pleine de séduction

JULIO.

La fortune me souriait hier, la voilà qui s'avise de me bouder. Vengeons-nous en homme de génie. Ah l'on m'a fait souffrir, ah je suis le jouet du destin. (Avec action.) Un coup de maître! une œuvre impitoyable! (S'arrêtant, se passant la main sur le front.) Ma main s'est arrêtée... Qu'ai-je donc?... Je dois être bien pâle? (Allant se regarder dans un miroir... il aperçoit Sidonia.) Ah! ma tête s'égare?.. non !

SIDONIA, avec effusion..

Julio, c'est moi !

JULIO, confondu.

Est-ce possible?

SIDONIA.

Ici comme à Naples! toujours où vous serez !

JULIO, retournant à sa place.

Attendez !... Restez où vous êtes.

SIDONIA, venant se placer derrière lui.

Je suis en votre pouvoir.

JULIO, continuant ce qu'il a commencé.

Des courtisanes, des patriciens, que chacun se reconnaisse. (Dessinant, peignant à tort à travers.) Ici ! là ! des anneaux, des médaillons, des gages d'amour. (S'animant de plus en plus.) Dans les plis du terrain, dans l'herbe, dans les fleurs, la couleuvre qui joue, qui rampe : (Comme s'il était mordu.) Aïe ! j'ai senti sa morsure.

SIDONIA, tressaillant d'abord, mais se remettant de suite.

Quelle incohérence de paroles, quel flux d'idées. (Avec intérêt.) Dites-moi le sujet de votre tableau, je partagerai votre agitation.

JULIO.

Vous le pouvez ! Ceci vous concerne : la ronde des vices effrontés ! (La repoussant du geste.) Vous la verrez, plus tard, quand elle sera sortie de mon cerveau.

SIDONIA.

La ronde des vices effrontés ! mais c'est le genre humain qui va passer sous les yeux. La ronde des vices effrontés ! prenez garde qu'elle vous renverse.

JULIO.

Elle m'a déjà passé sur le corps, je me suis relevé !... qu'elle y revienne aujourd'hui ! (d'un air de défi.) Je l'attends de pied ferme, je la reçois au bout de mes pinceaux, je la fixe sur cette toile.

SIDONIA.

Les heureux du jour vont se reconnaître ; vous allez vous faire des inimitiés qui ne pardonnent pas.

JULIO.

Je mettrai tant de fleurs sous les pas du vice, tant de perles à ses vêtements, qu'on ne saura pas si j'en fais la critique ou l'apologie.

SIDONIA.

Allez plus doucement ; vos pinceaux vont se briser ! Tenez, je vous le disais bien ! vous venez d'en briser un.

JULIO.

J'en ai de rechange, comme vous avez des moyens de séduction, des artifices de langage.

SIDONIA.

Votre parole est acerbe ; dirait-on qu'une femme est à côté de vous.

JULIO, se retournant.

Que venez-vous faire ici, voyons?

SIDONIA.

Vous admirer! visiter vos galeries! quand on s'ennuie chez soi, quand on veut voir de belles œuvres, on
se dit : Allons chez Julio! là du moins le beau ne dé-
moralise pas, il élève, il assainit l'âme.

JULIO, se levant.

Vous êtes chez un homme irrité, ne lui donnez pas
des éloges, voyez ce qu'il fait, passez, passez vite!

SIDONIA.

Vos yeux étaient-ils aussi méchants cette nuit?

JULIO, que divers sentiments agitent jusqu'à la fin de cette
scène.

Non ! certes. Cette nuit, une vision céleste emplissait
mon âme, je revoyais Naples, mes jeunes années : on
s'en est aperçu, n'est-ce pas? on s'en est amusé dans le
cercle de vos amants?

SIDONIA.

Que parlez-vous d'amants? je n'en ai plus ! je n'en ai
jamais eu. (Le regardant d'une certaine façon.) J'en pouvais
avoir un, beau, courageux, célèbre.

JULIO.

Voilà du nouveau.

SIDONIA.

Si vous saviez comme je suis changée.

JULIO.

Depuis quand, s'il vous plaît?

SIDONIA.

Depuis que vous m'avez fait appeler, depuis que j'ai
reçu vos tablettes.

JULIO.

Quel conte venez-vous me faire?

SIDONIA, montrant les tablettes que Dendoli lui a fait parvenir.

Les voilà ces tablettes, ne les reconnaissez-vous pas?

JULIO, jetant un coup d'œil dessus.

Moi ? (Brusquement se remettant à marcher.) On s'est moqué de vous! ces tablettes ne m'ont jamais appartenu.

SIDONIA.

Vous ne m'avez rien fait parvenir ? (Lui montrant son nom.) Voilà pourtant bien votre signature.

JULIO, s'arrêtant devant elle.

Vous avez cru que je vous écrivais?

SIDONIA, d'un ton singulier.

Aussi vrai que je le dis.

JULIO.

C'est pourtant vrai, vous voilà sous mes yeux.

SIDONIA.

Quelle figure faut-il faire? m'emporter contre ceux qui m'ont écrit; ma foi non !

JULIO.

Vous auriez dû réfléchir avant de risquer cette démarche. La situation est grosse de tempêtes. Je n'ai pas oublié l'époque où vous m'avez mis la rage au cœur, où j'ai juré de vous en vouloir toute ma vie.

SIDONIA.

Je n'ai rien oublié non plus.

JULIO.

J'ai failli vous tuer dans les temps.

SIDONIA.

Je me souviens que c'était par amour.

JULIO.

Je me souviens de votre fausseté, de votre défection. vous êtes en mon pouvoir, avez-vous dit : et si je me vengeais cependant; si je vous chassais comme vous le méritez; si je vous poussais dehors, du pied, comme une créature immonde, indigne même de la commisération des valets.

SIDONIA, hardiment.

Je vous en défie ! (Julio fait un mouvement vers elle, mais influencé malgré lui s'arrête.) Qui vous retient? Qui vous obligeait à me reconnaître, cette nuit? qui vous forçait à me saluer, à m'adresser quelques mots en passant? mon cœur en était ravi ; on serait glorieuse à moins ! Je me rappelle aussi, moi, nos entretiens dans la montagne, nos soirées au bord de la mer ; je riais de vos espérances alors, tant cela me paraissait chimérique, un fils de Vigneron, célèbre, estimé des grands seigneurs. Dites que je suis une visionnaire, vous ne le pensez pas ! traitez-moi comme une déhontée, cela vous est impossible ! Nous avons été jeunes ensemble, nous ne serons jamais étrangers l'un à l'autre. (Le regardant fixement.) Voyons ! regardez-moi comme un homme doit regarder une femme qui lui rappelle des temps qui ne s'oublient jamais. Vos yeux ont beau lancer des éclairs, je ne vous crains pas. Regardez-moi doucement... je suis belle, n'est-ce pas? vous vous y connaissez, vous ! suis-je réellement belle?

JULIO, froidement.

Oui ! pour quiconque vous regarde avec les yeux du libertinage ; non ! pour celui qui pense à la fragilité de certains attraits.

SIDONIA, s'abandonnant à son caractère.

La beauté, celle qui court le monde, la mienne enfin, me rend maîtresse de tout ce qui m'entoure ; l'autre, celle qui vous plaît davantage, n'a de puissance que dans les couvents.

JULIO.

Votre beauté, quelle est sa garantie? un jour vous serez laide, oui, laide ! ce jour-là, que vous restera-t-il en partage?

SIDONIA.

Si l'on disait à Venise : un jour tu seras la plus malheureuse des nations, serait-elle pour cela moins fière de ce qu'elle est aujourd'hui. Si l'on vous disait à vous : votre imagination ne sera pas toujours féconde, éblouissante, cesseriez-vous de peindre, iriez-vous demander du travail à votre père?

JULIO.

Votre intelligence a gagné, madame.

SIDONIA.

Elle a grandi sans y penser.

JULIO.

Votre vie est-elle heureuse au moins?

SIDONIA.

Ma vie! à peine ai-je le temps d'user d'un plaisir qu'il est remplacé par un autre.

JULIO.

Vous répondez mal à ma question.

SIDONIA.

Vous voulez savoir la vérité?

JULIO.

Je veux savoir si vous êtes heureuse.

SIDONIA, à dessein.

Ce voile emprisonne ma taille. (Elle rejette son voile en arrière.) Ces joyaux gênent ma chevelure. (Elle s'arrache quelques bijoux.) Je vous ai pleuré bien des fois... bien des fois j'ai regretté notre petite barque, nos hymnes au coucher du soleil. (Avec attendrissement.) J'ai trouvé tout à l'heure en entrant, j'ai trouvé sur la porte, un rayon de notre ancien bonheur.

JULIO.

Quelle femme! quelle syrène! vous prenez le visage que vous voulez, votre voix est tour à tour légère, triomphante, chagrine.

SIDONIA.

Suis-je à Naples, suis-je à Venise?

JULIO.

Vous avez promis mon âme au démon.

SIDONIA, lentement avec douceur.

Une larme a roulé dans mes yeux... j'y vois à peine ! votre image seule... votre image est visible... dans mon cœur... dans la douce lumière que le génie dégage autour de soi.

JULIO.

Me prenez-vous pour un lâche?

SIDONIA.

Ces parfums répandus dans les airs, je les ai déjà respirés, ce sont les fleurs de notre patrie. Ce demi-jour si favorable aux épanchements, c'est le crépuscule du soir, non ! c'est l'aurore. (S'abandonnant tout à fait.) Je rêve ! oubliez tout, rêvons ensemble ! qui nous empêche de nous figurer que nous sommes à Naples, que nous avons dormi plus que de coutume, que la fortune nous a visités pendant notre sommeil... Julio, nous sommes riches ! tu ne te trompais pas quand tu disais, ces jours derniers : on va me rendre justice! nous allons avoir de l'or, des vivats, des honneurs à n'en plus finir. (Tendrement.) Partons-nous bientôt pour Florence?

JULIO.

Ainsi donc, votre fuite abominable, ma douleur sans bornes ?

SIDONIA.

Folie du sommeil ! hallucination ! délire !

JULIO.

Je n'en crois rien. La défiance m'a gagné.

SIDONIA.

Toujours le même! Fi d'un amant soupçonneux comme un vieillard, vous vous ferez détester... Autrefois, rien n'altérait votre quiétude.

JULIO, solennel.

Etendez la main dans la direction d'une église, prenez le ciel à témoin de vos paroles; jurez-moi... jurez que vous êtes sincère.

SIDONIA.

Un serment!... Ah! ah! ah! vous me forcez à rire, vous me rappelez cette petite Flora, notre voisine, qui faisait des serments à propos de rien... N'avait-elle pas juré d'être votre maîtresse.

JULIO.

Vous hésitez?... Vous reculez devant un sacrilège...

SIDONIA.

Julio!...

JULIO.

L'enfer est démasqué! le mensonge est dans vos regards! Cessez, cessez cette conjuration; je tremble! je pleure comme un enfant. On ne touche pas en vain à certaines blessures. Un grand peintre est un homme comme un autre, madame, toutes les faiblesses, toutes les sensibilités se rencontrent chez lui.

SIDONIA, reprenant de l'assurance.

Je le sais.

JULIO.

Cela ne vous arrête?

SIDONIA.

Non!

JULIO, maîtrisant son indignation.

Je rêve aussi, moi! j'ai des rêves inexorables! je vous aime; vous avez quinze ans; j'ai la crédulité d'une âme honnête, je crois à la sincérité des femmes, à votre honneur, à notre amour. Le destin veut que je me fasse connaître, tous les jours il me dit à l'oreille : Courage! les femmes aiment les ambitieux, Sidonia voit avec plaisir tes glorieuses tentatives. Entouré d'amis et de parents, secondé par une organisation peu commune, je m'étonne moi-même, je fais des prodiges... Encore un jour, une heure... J'arrive!... Ah!... j'ai tant travaillé... (Du ton d'un homme fatigué mais heureux)... Sidonia, demain le prince vient chez moi... le prince!... l'allié du souverain! (Toujours comme s'il rêvait). Viens me donner ton bras! Viens me conduire où la brise est la plus

odorante, la plus fraîche. (D'une voix étonnée.) Sidonia, tu
ne dis rien? (Appelant.) Sidonia!... Elle est partie, dit un
enfant... Partie, toute seule? Non... Partie!... Ré-
jouis-toi, pauvre peintre favorisé, demain l'avenir est à
toi. (Avec désespoir.) Demain c'est le désert! demain
c'est la ruine! ton autel est détruit! ton idole est dans
la poudre! à qui vas-tu t'intéresser désormais?... à qui
vas-tu demander les attentions, les soins, la sollicitude
charmante, naturelle? (Après un moment de silence.) Le
récit d'un enfant n'est pas la vérité nébuleuse, évasive,
c'est une vision claire, saisissante; j'assiste à votre départ; je vous vois commettre une de ces bassesses, une
de ces lâchetés qui ne se comprennent pas, qui n'ont
pas même la fatalité pour excuse. Que vous manquait-il
où vous étiez? Quelles espérances vous étaient inter-
dites? Si mes pinceaux m'avaient trahi je me serais fait
soldat; je voulais un nom pour vous, pour nous deux...
Vous habitiez le plus beau pays du monde, vous aviez
les caresses de nos deux familles, aviez-vous besoin de
palais, de joyaux, d'encens coupable... Le premier qui
vous entraîna si loin, n'eut qu'à décliner son rang, ses
richesses. (La considérant avec horreur et pitié.) Pauvre
femme!... cœur vulgaire!...

SIDONIA, tirant des sons d'une harpe qui se trouve à sa portée.

Julio, cette harpe a des cordes magiques, elles vi-
brent sans qu'on les effleure : voulez-vous entendre un
air de Zarlino?

JULIO.

Quelle insouciance! quel cynisme! Sidonia, les femmes du bas-empire ne t'auraient pas désavouée.

SIDONIA.

Celles de Venise me jalousent.

JULIO.

Tant pis pour Venise!

SIDONIA.

Tant mieux pour les femmes! la décadence ne leur
est pas désavantageuse.

JULIO.

Quand les femmes dégénèrent, les hommes cessent de les déifier, l'ironie la plus cruelle envahit tous les talents.

SIDONIA, sèchement.

Vos talents! vos talents! vous les devez à vos infortunes; si vous n'étiez pas un peu désespérés, vos talents intéresseraient moins, vos talents seraient moins sympathiques. (Craignant d'avoir été trop sèche.) Les déboires de l'amour n'ont jamais été funestes. Les peines de cœur engendrent la mélancolie : (Avec âme.) La mélancolie! (avec entraînement.) Julio, je vous aime! je n'ai jamais cessé de t'aimer!

JULIO.

Voilà de ces choses qui désarment les hommes ; qui les font s'oublier, s'avilir à vos pieds.

SIDONIA.

Où trouver un amant qui te ressemble? où trouver deux êtres pareils à nous?

JULIO.

Si les forces m'abandonnaient : si je vous résistais en vain?

SIDONIA.

J'en serais fière, oh! mais fière ; tout le monde le saurait !

JULIO, vivement.

Te voilà toute entière. N'en dis pas plus! reste sur cet aveu !

SIDONIA.

Je ne rougis pas de mes passions, moi! je me drape dedans, j'en veux avoir les bénéfices.

JULIO, d'un ton bizarre.

Sidonia, tu es la plus forte, c'est facile à voir.

SIDONIA.

Quel bonheur !

JULIO.

Tu triomphes, sois satisfaite !

SIDONIA, attendant.

Eh bien ?

JULIO, d'une manière étrange.

Ton abandon m'a fait un mal horrible; je t'ai retrouvée, je dois être guéri. (Avec un découragement calculé.) Toute ma vie j'ai souffert à cause d'une femme. Quand je veux peindre l'amour, je lui mets dans les mains des armes perfides. Grâce à qui mes travaux sans cesse interrompus? Grâce à qui mes excès de toutes sortes, mes lauriers ramassés dans des bouges? J'étais né laborieux, tu m'as rendu nonchalant. Les œuvres qui donnent l'immortalité, les conceptions qui dépassent la mesure des hommes, j'y songeais avant d'avoir été joueur, ivrogne, spadassin !... je m'amuse à peindre les vices de mon temps, comme on s'amuserait à donner des coups de poignard dans une tapisserie, sans intérêt, sans but, sans plaisir.

SIDONIA.

Tu te calomnies !

JULIO.

Je n'ai plus de courage.

SIDONIA.

L'amour a causé tous tes maux, l'amour saura les réparer.

JULIO.

Partons pour Florence, as-tu dit : le mal que je t'ai fait n'est pas arrivé. Nous avons fait un rêve, oh! oui, un rêve effrayant, un rêve qui bouleverse, qui dévore la vie. Où l'incendie a passé la nature est lente à refleurir. (La considérant d'une certaine façon.) Je n'avais jamais si bien vu ton visage, dans les temps je ne songeais qu'à ton cœur; décidément tu es belle, bien belle! Une femme comme toi ne se rencontre pas tous les jours... une femme comme toi, quand on a le bonheur de lui plaire, on en profite et l'on meurt.

SIDONIA.

Je t'aime!

JULIO, s'éloignant d'elle.

Illusion! délire! Je ne crois plus à l'amour: je crois à la tyrannie des sens, au vin qui fait rire et pleurer, à l'ivresse plus pâle que la mort.

SIDONIA.

Tu crois encore à la beauté. (d'un air suppliant.) Mon Julio!

JULIO.

Rude existence que la mienne, à tout moment des embûches à déjouer, des femmes à traiter comme elles le méritent.

SIDONIA, ne voulant pas le contrarier.

C'est vrai.

JULIO.

Ma vie a manqué son but : as-tu la conscience du préjudice que tu m'as causé ?

SIDONIA.

Oui!

JULIO, se rapprochant d'elle.

Sidonia! je puis t'aimer encore, une heure, un moment.

SIDONIA.

Cela suffit!

JULIO, d'une voix imposante.

Les larmes purifient! le sang lave la honte! Sidonia, ta chair seule est coupable, si ton corps avait été moins beau tu n'aurais pas été si répréhensible.

SIDONIA.

Va, va, je t'écoute.

JULIO, de même.

Sidonia! tu as assez vécu, ton âme est assez compromise, fais ton salut! rends ton corps à la terre, consens à mourir!

SIDONIA.

Mourir! moi, si jeune? Tu plaisantes! Est-ce qu'on meurt à mon âge, adorée, entourée d'adulateurs.

JULIO.

On meurt dans un berceau, dans les bras du démon, dans des circonstances vulgaires, on peut mourir inspiré par la vertu. (La regardant.) Comme te voilà pâle! cela devait être : tu crains la douleur, rassure-toi, je ne veux pas te voir souffrir. (Tout en parlant il se dirige vers une armoire en tire un flacon, deux coupes qu'il dispose sur la table.) J'ai là tout près, sous la main, un breuvage qui, savouré sans crainte et sans répugnance vous plonge dans une ivresse indicible... On est comme à bord d'un navire, la mer et le ciel ne font qu'un, on entend des cantiques, des actions de grâce; les arômes, l'azur, la lumière, tout révèle un ordre de choses favorisé... tout révèle un monde... un foyer d'amour à l'horizon.

SIDONIA.

Quel effrayant récit me faites-vous là.

JULIO.

Sidonia! viens t'asseoir au banquet des âmes héroïques, viens savourer la liqueur qui régénère l'âme. (Montrant la liqueur.) As-tu jamais vu liqueur aussi limpide, aussi châtoyante? Si! quand nous avions fait la vendange, quand nous étions réunis chez mon père.

SIDONIA.

Tu parles de mourir et tu as encore ton père : mauvais cœur! fils dénaturé!

JULIO.

Mon père n'a que faire de moi, il a pris une autre compagne, il a des enfants d'un second lit.

SIDONIA.

Ah! Je ne sais plus où j'en suis. Que voulez-vous? que prétendez-vous? ma tête se perd.

JULIO.

Vous le savez bien, mourir ensemble, nous débarrasser du limon qui nous a couverts. La mort ouvre l'éternité! tous les croyants la désirent : c'est la justification de la vie, c'est la conséquence de l'amour. Quel bonheur! quand on peut la choisir à son gré, quand on peut la saisir avant la décrépitude... N'entends-tu rien dans l'air, au delà de ce monde? bois la première. On nous appelle! viens retrouver ton innocence! Viens, viens t'élancer dans l'infini !

SIDONIA, épouvantée.

Mais je ne veux pas mourir! j'ai de longs jours à vivre... j'ai peur !

JULIO.

Vous avez peur? (Eclatant de rire.) Ah! ah! ah! Voilà donc ce repentir si grand, si manifeste. C'est pitié de vous voir. Renoncez à vous dire aimante et courageuse; les attachements sérieux vous sont inconnus; vous craignez, vous craignez un divin calice. Quand on aime! est-ce qu'on a de ces défaillances misérables. Quand on aime! on se détache de la terre, on ne tient pas à la vie : interrogez les annales de l'amour, consultez la liste des amants célèbres, la plupart ont eu des fins prématurées, les plus heureux se sont offerts en holocauste.

SIDONIA, presque à genoux.

Grâce!... (En ce moment Léona paraît au fond.)

JULIO, furieux.

Honte à moi d'avoir été votre dupe! honte à vous d'avoir été fausse et parjure! vous m'avez rendu méchant et vindicatif. (D'un ton sardonique). J'use des facultés que je dois à votre inconstance... J'aurais dû comprendre la vie dégagée de tous liens terrestres; j'aurais dû m'enfermer dans un cloître (S'écartant d'elle), éviter un contact indigne et malfaisant, passer ma vie entre la peinture et Dieu.

SIDONIA.

Pardon !

JULIO.

Pitié ! voulez-vous dire, pitié ! Vous vous rendez justice, vous ne méritez pas le destin des bons cœurs et
des grands esprits. (La terrassant du regard)... Lâche
et profane... Vous étiez belle tout à l'heure : l'épou-
vante vous a rendue laide. Arrière la déesse du mensonge et de la trahison ; loin de moi la païenne qui
m'enlaidirait l'éternité. Ah ! vous reculez devant un
sacrifice réparateur... Vous n'avez pas le goût des actions viriles. Ce qui va se passer sous vos yeux va bien
vous étonner... Ah ! le monde s'arrête à vous ! ah ! votre
personnalité prend un caractère aussi révoltant ! vous
allez être témoin d'un fait qui n'aurait pas surpris
chez les anciens ; un de mes serviteurs va venir, le
plus alerte, le mieux constitué. (Désignant les coupes et le
flacon.) Je vais lui faire voir ces apprêts, lui raconter
ma résolution, que va-t-il faire ?... Attendez... (Appelant.)... Nazaro ! (Bruit derrière lui, c'est Léona qui sans être
vue a fait un pas vers la table...) Tu nous écoutais... Bien !

SCÈNE XIII.

Les Mêmes, LÉONA.

JULIO, fixant toujours Sidonia.

Nazaro, vois cette femme qui se roule à mes pieds,
ce n'est pas pour moi qu'elle a peur, c'est pour elle :
sais-tu quel est mon dessein ? la vie commence à m'en-
nuyer, j'ai résolu d'aller dans l'autre monde. (Léona fait
un nouveau mouvement vers la table, Julio croyant toujours avoir
affaire à Nazaro l'arrête du geste.) Ce n'est pas tout, là-bas
comme ici j'aurai besoin d'un serviteur... d'un ami sûr
et fidèle ; j'ai jeté les yeux sur toi, veux-tu suivre mon
exemple ?... (Faisant quelques pas à son tour.) Vois cette
coupe ! vois ce breuvage ! veux-tu laisser avec moi ton
nom dans la mémoire des hommes ?

4

LÉONA, s'emparant de l'une des coupes.

Oui !

JULIO, surpris.

Cette voix !

SIDONIA, faisant un bond.

Sa maîtresse ! elle arrive à temps.

JULIO.

Léona de retour ! (Avec bonheur.) Ah !

SIDONIA, s'adressant à Léona.

Il a perdu la raison ; il ne sait plus ce qu'il fait !

JULIO.

Léona, ce breuvage ne t'est pas destiné, laisse ! laisse ! il appartient à cette femme.

SIDONIA, à Léona.

Vous entendez.

JULIO.

Sais-tu ce qu'il renferme ? la mort ! la mort inexorable !

SIDONIA.

Il a voulu me tuer ! (Léona porte la coupe à ses lèvres.) Que fait-elle ? (La voyant boire.) Malheureuse !

JULIO, palpitant.

Léona !

SIDONIA, à Julio.

Vous la laissez boire ! vous ne vous jetez pas sur ses mains ! (Léona vide la coupe.) Horreur !

JULIO.

Silence !

LÉONA.

Ah ! que je suis heureuse !

SIDONIA, toute frissonnante.

Elle a osé boire... elle... elle a tout bu.

JULIO, transporté.

Léona !

LÉONA, à Julio.

Vous me pardonnez ?

JULIO.

Je t'admire !

SIDONIA, à Julio.

C'est assez d'un sacrifice... vous n'en voulez pas
d'autres? vous vous arrêtez là?

JULIO, tout à Léona.

Ta conduite, c'est toute une révélation ; tout se com-
prend, tout s'explique.

LÉONA.

Julio !

JULIO.

Tu m'aimais ! Tu m'aimais !

SIDONIA.

Ces gens-là sont fous! au lieu d'appeler, de recourir
au contre-poison, les voilà qui pleurent.. qui se ré-
jouissent.

JULIO.

Quelle existence ! Quel génie je vais avoir.

SIDONIA.

Il est presque à ses pieds, il la regarde mourir. Ah !
mon Dieu ! je me souviens : lui aussi, sa part était ver-
sée. C'est effrayant! on n'est pas en sûreté ici !

JULIO, en extase devant Léona.

Qu'elle est jeune ! qu'elle est belle ! (Nazaro, quelques
serviteurs ou disciples de Julio, attirés par le bruit, se groupent
en arrière.)

SIDONIA, voyant Nazaro.

Ah ! Nazaro. (Elle va à lui.) Votre maître a des projets
horribles ; il a déjà versé la mort à cette enfant, il en
veut à ma vie, à la vôtre.

JULIO.

Qu'on vienne me dire que l'amour est une fiction.

SIDONIA.

Fuyons ! venez.

NAZARO, inquiet, s'avançant vers Julio.

Maître !

JULIO, fâché d'être interrompu.

Qu'est-ce ? Que me veut-on ?

NAZARO, montrant Sidonia.

La signora prétend que la mort est ici.

JULIO.

La signora... Qui ? cette femme ! elle est insensée ! si
la mort est quelque part c'est dans son sein : là fer-
mente un germe de destruction, qui n'aura pas pitié
d'elle, qui tuera son corps et son âme. (A Sidonia.) Je
vous croyais partie, madame. Nazaro. renvoie cette
étrangère. (Voyant qu'elle ne bouge pas.) Fais-la sortir de
force ! je ne veux plus la voir ! je ne veux plus en entendre parler !

SIDONIA, étonnée.

Que dit-il ? sa vie n'est pas en danger ; moi seule ai
la mort dans mon sein ; (Avec soupçon regardant Julio et
Léona). Si j'avais été sa dupe ? Si je m'étais effrayée
sans motif sérieux ?

JULIO, éclatant.

Vous en irez-vous ! madame.

SIDONIA, effrayée de nouveau.

Oui ! oui ! Nazaro, viens. (Avec terreur). Mourir ! O mon
Dieu, mourir ! (Elle s'enfuit).

JULIO, après un instant de réflexion.

Un prêtre est ici nécessaire, qu'il en vienne un tout
de suite, le curé de Sainte-Lucie, par exemple, depuis
assez longtemps il espère un tableau pour son église :
(S'adressant à ceux qui se trouvent au fond). Allez lui dire
que j'en ai plusieurs de commencés, qu'il vienne en
choisir un, qu'il se hâte, sans cela je ne promets plus
rien... C'est une de mes conditions.

SCENE XIV.

JULIO, LÉONA.

JULIO, revenant à Léona.

Tu as entendu Léona, j'ai fait demander un saint homme.

LÉONA.

Vous avez bien fait, ma dernière heure doit s'avancer.

JULIO.

Ta dernière heure, enfant, tu me crois donc bien cruel?

LÉONA.

J'ai si mal reconnu vos bontés.

JULIO.

Tu ne devines donc rien? je n'ai jamais voulu donner la mort à Sidonia, c'était une épreuve que je lui faisais subir, j'étais certain qu'elle en sortirait à son désavantage.

LÉONA, avec douleur.

O mon Dieu ! j'aurais dû rester où j'étais.

JULIO.

Que dis-tu? Veux-tu bien te réjouir, essuyer tes larmes.

LÉONA, péniblement affectée.

Je ne vais pas mourir.

JULIO.

Tu vas être heureuse, tu ne me quitteras jamais. (S'emparant d'elle) Dans mes bras, sur mon cœur : si tu savais comme le mal que je ressentais là (il indique son cœur) s'est dissipé tout à coup... plus d'ennui, d'humeurs noires... je vais donc enfin pouvoir peindre une sainte famille!

LÉONA.

Julio !

JULIO.

Sais-tu ce qui va se passer dans un moment? tu ne t'en doutes guère; le curé de sainte Lucie va venir (Avec explosion), venir nous fiancer! consacrer ta présence ici! tu ne peux rester ici sous un autre nom que le mien. Je veux que tu jouisses de toute la considération dont ton âme est digne.

LÉONA.

Mon ami! (Elle s'évanouit presque de bonheur dans ses bras.)

NAZARO, qui reparaît.

Maître, un officier du palais ducal est en bas; je crains bien que ce ne soit une mauvaise nouvelle.

JULIO.

Une mauvaise nouvelle? impossible! j'ai trop de chance aujourd'hui.

NAZARO.

Il y a du Dendoli là-dessous.

LÉONA, avec défi...

Si c'est un danger,... qu'il vienne!...

JULIO.

Les envoyés du doge ont droit à nos respects. (A Nazaro) Fais monter cet officier; qu'on lui fasse bon accueil... (sévèrement) je l'exige.

SCÈNE XV.

Les mêmes, un officier.

JULIO, à l'officier.

Vous demandez Julio Marcelli: C'est moi! que me voulez-vous?

L'OFFICIER.

Un message de la part du doge: (Il lui remet un parchemin.)

JULIO, regardant l'officier.

Nous avons déjà fait connaissance?

L'OFFICIER.

Oui, dans des circonstances meilleures (riant), l'épée à la main, dans les environs d'une taverne.

JULIO.

Soyez le bien venu.

L'OFFICIER, à Nazaro.

C'était un rude compagnon !

JULIO, qui a lu.

Ordre de quitter Venise dans les vingt-quatre heures. Diable, c'est laconique. Le motif en blanc ! c'est beaucoup d'honneur !... La colère a dicté cette mesure, la réflexion la fera révoquer.

L'OFFICIER.

Maître, où vous voyez un ordre d'exil, moi, votre sincère admirateur, je vois un bon conseil, une marque d'intérêt.

JULIO.

Je quitterai Venise plus tard, quand on ne pourra pas dire que je cède à la crainte (Frappant sur le message), à des invitations pareilles... où serait la sécurité des humbles si les fiers n'osaient pas résister à l'injustice.

L'OFFICIER.

Vous avez tort, le seigneur Dendoli ne vous pardonnera jamais le ridicule dont vous l'avez couvert, il va vous dépêcher tous les bravis.

JULIO.

Les bravis ! Allez leur dire du mal de moi ! Depuis mon dernier tableau, vous savez, celui qui les a si bien caractérisés, ces messieurs m'ont fait savoir que j'étais sacré pour eux.

L'OFFICIER.

C'est différent... malgré que... (Voyant l'impatience de

Julio). Mon message est entre vos mains, je n'ai plus qu'à me retirer, (Il s'éloigne).

JULIO.

C'est la troisième fois que pareille injonction m'est faite, il en sera de celle-ci ce qu'il en a été des autres. On ne m'en reparlera plus. (S'adressant à ses disciples, à ses serviteurs présents au fond). Antonio ! Félice ! Ettore ! Jubilation générale; des fleurs, des tapis, des ornements partout. C'est fête ici pendant huit jours... ce soir je célèbre ici mes fiançailles. Demain je conduis la plus dévouée des jeunes filles à l'autel. Avertissez mes amis : faites venir les musiciens les plus renommés.

NAZARO, regardant Léona.

Je devine tout.

JULIO.

Bien ! bien ! Nazaro, tu continues à faire honneur à ton maître. (A Léona, en montrant Nazaro qui s'incline devant elle.) Voilà ton triomphe qui commence, Léona.

FIN

PARIS. — IMPRIMERIE E. DE SOYE, 2, PLACE DU PANTHÉON.

www.ingramcontent.com/pod-product-compliance
Lightning Source LLC
Chambersburg PA
CBHW070806260626
47161CB00006B/2173